Un cuore sotto la pietra

ANIME GEMELLE MOSTRUOSE
LIBRO SEI

TAMSIN LEY

Twin Leaf Press

Tutti i personaggi di questo libro, che siano alieni, umani o di qualsiasi altra natura, sono un prodotto dell'immaginazione dell'autore. Qualsiasi somiglianza con persone, situazioni o eventi reali è puramente casuale.

Versione cartacea

Copertina di Tamsin Ley

@ Edizione italiana: Tamsin Ley; 2025
@ Edizione originale: *Sticks and Stones*, di Tamsin Ley; 2019
Tutti i diritti riservati.
Versione tascabile
ISBN-13: 979-8-89548-030-4

Twin Leaf Press
PO Box 672255
Chugiak, AK 99567

I gargoyle non sono ciò che pensate...

La nave di Sten si è schiantata sulla Terra secoli fa e da allora lui si nasconde in bella vista, in attesa di salvezza. Ma mille anni sono un lungo periodo da trascorrere senza compagnia, persino per un alieno longevo, e la bambina che ha protetto fin dall'infanzia è cresciuta ed è diventata una donna seducente.

Quando un uomo misterioso si offre di comprare la 'statua' nel giardino di Angie, Sten capisce di essere stato scoperto. Il Sindacato della Rosa dà la caccia alla sua specie da secoli, catturando e torturando i suoi simili Khargal in nome della scienza. Ma fuggire semplicemente non è un'opzione: Angie ha un segreto. Uno che lui ha giurato di proteggere.

Costretto a rivelarsi, Sten si trova di fronte a una nuova verità. Per quanto impossibile possa sembrare, Angie è la sua compagna.

E l'istinto di rivendicarla potrebbe essere la sua rovina.

Introduzione

Mille anni fa, un gruppo di esploratori Khargal lasciò Duras, per poi schiantarsi su un pianeta chiamato Terra.

Feriti e in inferiorità numerica, i Khargal sopravvissuti si nascosero tra le effigi di pietra e osservarono la lenta evoluzione dei primitivi abitanti del pianeta. Senza alcun modo di tornare su Duras, rimasero a osservare dai loro trespoli ombrosi e svanirono nella leggenda, diventando i mitici gargoyle.

Fino a oggi. Molto tempo dopo che ogni speranza di salvezza era svanita, al segnale di soccorso fu finalmente data risposta.

È ora di tornare a casa.

Uno

Angie era immersa fino ai gomiti nel terriccio quando una voce maschile la costrinse a voltarsi. In quanto proprietaria di una delle case storiche di Old Turnbull, ci si aspettava che fosse cortese con i turisti, anche quando invadevano quella che era chiaramente una proprietà privata. Fece un respiro profondo per calmarsi e si stampò un sorriso in faccia. Un uomo con i capelli sale e pepe, che indossava un costoso abito da uomo, stava passando il palmo della mano lungo una delle ali del suo gargoyle a grandezza naturale.

«Posso aiutarLa, signore?» Non si prese la briga di pulirsi le mani mentre si avvicinava a lui. Sembrava che i turisti nella storica città fantasma si sentissero ogni giorno più in diritto di fare ciò che volevano e, sebbene apprezzasse l'impulso che davano all'economia locale, era una seccatura vivere in uno dei luoghi più importanti del posto.

«Solo un momento, se permette.» Non la guardò, si avvicinò alla statua e una delle sue scarpe lucide schiacciò i tagetes che costeggiavano l'aiuola.

Il gargoyle aveva attirato più della sua giusta dose di attenzione, ma mai in modo così sgarbato. Con le fattezze di un uomo perfettamente scolpito, a prima vista poteva essere scambiato per un Adone alato accovacciato. Un'ispezione più attenta, però, rivelava che le ali erano più simili a quelle di un demone che di un angelo, con artigli alle giunture superiori e sulle punte. La figura aveva anche piccole corna nascoste tra i capelli ricci che gli ricadevano sulle tempie e una lunga coda ripiegata contro la parte posteriore di una gamba. Angie non si sarebbe sorpresa se le mani a pugno della statua avessero avuto gli artigli. Suo padre una volta le aveva detto che quel gargoyle proteggeva la loro famiglia da generazioni. *Se solo avesse potuto difendersi da quel viscido individuo in quel momento.*

Guardando accigliata l'uomo che stava schiacciando i suoi fiori, cimeli di famiglia, si schiarì la voce. «Signore? Questa è una proprietà privata.»

Con evidente riluttanza, l'uomo distolse la sua attenzione dal gargoyle e si frugò nella tasca interna della giacca, estraendone un biglietto da visita. Glielo porse. «Winston York III, commerciante di antichità rare.» Mentre lei accettava il biglietto, gli occhi grigi dell'uomo corsero sui suoi jeans macchiati e sulla camicia a quadri abbottonata. «Sono interessato all'acquisto della Sua statua.»

Senza guardare il biglietto, Angie indicò il cartello sull'alta recinzione di ferro battuto che circondava il suo giardino, sperando che il tipo capisse l'antifona e si rendesse conto di non essere il benvenuto. «Nel caso non se ne fosse accorto, questo è un sito storico. La statua appartiene alla casa.»

«Allora desidero acquistare l'intera proprietà.» Volse lo sguardo verso l'edificio in mattoni in stile vittoriano, con il suo portico avvolgente e la piccola torretta. Le finiture intagliate avevano bisogno di una nuova mano di vernice e una delle finestre al piano superiore era ancora sbarrata, dopo che una tempesta primaverile aveva fatto cadere un albero contro la casa, ma era stata costretta a destinare i suoi fondi limitati alla riparazione del tetto.

Nonostante ciò, era in condizioni molto migliori rispetto al resto di Old Turnbull. La sua dimora non era certo un'opera di Frank Lloyd Wright, ma sembrava che antiquari e storici nazionali bussassero sempre alla sua porta.

York terminò il suo esame e inarcò un sopracciglio, guardandola. «È Lei la proprietaria, giusto?»

Adesso basta. Aveva finito di essere gentile; le signore della Società Storica potevano andare al diavolo. «Lo sono. Ma non ricordo di aver messo un cartello "In vendita".»

Un sorriso condiscendente gli sollevò gli angoli della bocca. «Tutto è in vendita. Che ne dice di un dieci per cento in più rispetto al valore di mercato? Manderò un perito qui domani.»

Osservando l'abito elegante di York e le sue unghie curate, le tornarono in mente i racconti di suo padre sulla città mineraria durante il boom, quando i grandi investitori si erano trasferiti lì per acquistare tutte le piccole concessioni. Quella casa era uno dei pochi pezzi del suo patrimonio che era riuscita a conservare dopo la morte del padre.

Il petto le si strinse al pensiero del padre e riportò l'attenzione al presente. Ma chi si credeva di essere questo tizio, York? Quel coglione non si era nemmeno preso la briga di chiederle il nome.

Facendo un passo avanti, si trovò faccia a faccia con l'uomo, gli occhi al suo stesso livello. «Questa è la mia casa, signor York, non un rudere da comprare e rivendere. Non è in vendita.» Gli ficcò di nuovo il biglietto da visita nella tasca della giacca. «Ora, La prego di andarsene dalla mia proprietà.»

Lo sguardo di lui scese verso il suo petto. Fantastico. Se quel tipo si fosse trasformato in un maniaco, gli avrebbe infilato la paletta da giardino su per il culo. Ma il suo sguardo si soffermò sull'incavo della gola di lei, dove pendeva il ciondolo antico della madre.

Si chiuse il colletto e aggirò York dirigendosi verso il cancello, facendogli segno di andarsene. «Ho del lavoro da fare, quindi La prego di proseguire. Sono sicura che in città troverà altre cose di Suo interesse.»

York strinse gli occhi e tutto il corpo di lei si tese. Non era mai stata in una grande città, ma immaginava che fosse così che ci si sentisse un attimo prima che un rapinatore ti portasse via tutto. Lentamente, si sistemò l'orlo della giacca. «Le mie scuse se L'ho offesa, signorina...?» Attraversò il cancello e si fermò sul cemento crepato che un tempo era stato un marciapiede, guardandola con aria interrogativa. «Temo di non aver capito il Suo nome.»

«Non l'ha chiesto.» Chiuse il cancello, stringendo i denti per lo stridio di unghie sulla lavagna. Riaprire i cardini arrugginiti la mattina dopo, quando sarebbe uscita per il suo turno alla tavola calda, sarebbe stata un'impresa, ma voleva mettere in chiaro le cose.

«Ehm, beh, di nuovo, le mie scuse. Spero che ci ripensi. Farò preparare i documenti al mio avvocato e glieli manderò. Sono sicuro che troverà la mia offerta più che generosa.»

Incontrò il suo sguardo tra le sbarre. «E io sono sicura che troverà il mio rifiuto altrettanto fermo.»

Voltandogli le spalle, tornò a grandi passi verso i suoi vasi, sentendo come se lo sguardo del suo gargoyle la seguisse con orgoglio.

Angie giaceva rigida sotto le coperte, incerta se il rumore che aveva sentito fosse un sogno o se la sua gatta mezza randagia, Sally, stesse giocando con i batuffoli di polvere. Era abituata agli scricchiolii e ai gemiti della vecchia casa e di solito dormiva come un sasso, ma avrebbe giurato di essere stata svegliata dal terribile suono dei cardini del suo cancello. Esausta dopo una lunga giornata al sole, non aveva alcuna voglia di alzarsi dal letto per controllare. Il rumore si fece sentire di nuovo. Decisamente i cardini. *Uffa. Che fosse tornato quel tizio, York, a palpare il suo gargoyle?* La statua era troppo pesante per essere rubata, ma se quel coglione le stava schiacciando altri fiori, forse gli avrebbe sparato.

Scivolando fuori dalle coperte, posò i piedi nudi sul freddo pavimento di legno e si avvicinò in punta di piedi alla finestra aperta. Il profumo di mandorla e miele proveniente dall'aiuola di belle di notte, cimelio di famiglia, si diffondeva con la brezza notturna. La sua camera da letto era nella torretta e le vetrate piombate si affacciavano sul giardino. A volte le piaceva sedersi lì ad ammirare le sue aiuole e il gargoyle mostruoso, ma stranamente sexy, che dominava il fogliame.

Strizzò gli occhi oltre le ombre dei fiori e delle foglie. La luna era una semplice falce bassa nel cielo, ma lei sapeva esattamente dove guardare per scorgere le larghe spalle del suo gargoyle.

Lo spazio era vuoto. Si strofinò gli occhi, premendo il naso contro il vetro.

Dov'era?

Il buio doveva starle giocando un brutto scherzo.

Uno scricchiolio e un tonfo provennero dal piano inferiore. Sobbalzò, si ritrasse dalla finestra e si premette contro la pesante tenda di damasco. C'era qualcuno *in casa*? A Turnbull il tasso di criminalità era pari a zero e non si era mai preoccupata molto di chiudere a chiave. Non avevano nemmeno una stazione di polizia e, per i pochi incidenti che si verificavano, si affidavano allo sceriffo della contea. Se avesse chiamato il 112, avrebbe potuto volerci anche più di un'ora prima che arrivasse qualcuno.

Si diresse in punta di piedi verso la mensola dove teneva il vecchio fucile di suo padre. Lui le aveva insegnato a sparare fin da piccola e l'arma era carica nel caso in cui un orso o un puma avessero deciso di venire a curiosare. Non lo usava da quando l'aveva riscattato dal banco dei pegni qualche anno prima e sperava di non doverlo fare quella notte; sangue sul tappeto e buchi nei muri erano l'ultima cosa che desiderava.

Sperando di scacciare l'intruso, scese lungo lo stretto corridoio fino al vano scale e gridò: «Chiunque sia là sotto, chiamo il 112.»

Il tintinnio di un vetro infranto risuonò dal salotto e una voce maschile disse: «Oh, merda!»

Oh, cazzo no. Cosa si era appena rotto? Forse, dopotutto, avrebbe preferito sparare a quel bastardo. Aveva ricomprato i cimeli di famiglia man mano che poteva permetterselo e le poche cose che era riuscita a recuperare erano preziose. Il rumore di qualcosa di pesante che cadeva al piano di sotto la fece trasalire. «Cazzo», borbottò. Stringendo i denti, cominciò a scendere le scale, senza preoccuparsi di accendere le luci. Conosceva ogni centimetro di quel posto e, in quel momento, il buio era suo amico. «È meglio che te ne vada subito! Ho un fucile!»

Svoltò l'angolo, con il cuore in gola. Contro lo sfondo scuro delle finestre del salotto, l'enorme sagoma di un uomo le piombò addosso. Prima ancora di rendersene conto, sparò, e il calcio del fucile le sbatté dolorosamente contro la spalla, spingendola all'indietro. Aveva dimenticato la sensazione del rinculo di un fucile, e la detonazione le lasciò un fischio persistente nelle orecchie. L'aveva colpito? Le ci volle un momento per riprendersi e rialzare l'arma. Dio, sperava di non dover sparare una seconda volta.

Con suo sollievo, la porta del portico si spalancò e chiunque fosse stato dentro fuggì nella notte.

«Proprio così, stronzo!» Fece qualche passo per inseguirlo, ma fu costretta a fermarsi quando il suo piede nudo incontrò dei cocci di ceramica. Maledizione, sperava non provenissero dalla sua vetrinetta. Tornò indietro e accese la luce.

La vista del salotto messo a soqquadro era nauseante, ma non fu quello a bloccarla: tra i resti crollati del suo divano Queen Anne giaceva il gargoyle.

E stava macchiando di sangue il suo tappeto.

L'uomo disteso sul pavimento del suo salotto non poteva essere la statua del suo giardino. Doveva stare sognando. Con i piedi callosi che scricchiolavano sui frammenti di porcellana senza riportare un graffio, Angie si fece avanti per esaminare più da vicino la sua pelle grigia e maculata. I lineamenti del viso erano gli stessi che guardava fin dall'infanzia: lo stesso petto ben scolpito, gli stessi addominali, le stesse membra. Ma le sue ali erano spiegate, non strette al corpo, e non era più accovacciato. Anzi, era a gambe e braccia divaricate, esponendo parti del corpo che prima erano nascoste. Parti molto maschili. Si leccò le labbra. La sua immaginazione, in quel sogno, stava chiaramente esagerando; era *enorme*.

Il suo sguardo passò dall'inguine di lui al petto coperto di sangue, e il fremito che le percorreva il ventre si trasformò in preoccupazione. Le statue non sanguinavano, ma un buco frastagliato era apparso proprio sotto le sue costole e, mentre lo guardava, il sangue si riversava sul suo tappeto vintage. Un'ala ebbe uno spasmo e lei trasalì, trattenendo il respiro. Non era davvero una statua. Era vivo. Ma se non avesse fermato l'emorragia, non lo sarebbe stato ancora per molto.

Afferrò uno dei cuscini decorativi che giacevano lì vicino sul pavimento e si inginocchiò accanto a lui. Non riusciva a ricordare l'ultima volta che aveva dovuto usare una benda e, in quel momento, «fare pressione» era l'unica cosa che ricordava del suo corso di primo soccorso. Spingendo il cuscino contro la ferita, premette i polpastrelli della mano libera sulla sua gola, in cerca di un polso.

Pietra fredda e dura le accolse il tocco.

Aggrottò la fronte e fece scorrere la mano fino al suo orecchio e sopra le ciocche dettagliate dei suoi capelli. Tutto era duro come la pietra, come sempre. Come diavolo faceva a sanguinare? Curiosa, sollevò il cuscino per guardare la cavità nel suo petto. Il sangue ne zampillò come una fontana e un proiettile emerse, cadendo sul pavimento con un tonfo.

Inspirò bruscamente e allungò la mano verso il pezzo di metallo, tenendolo tra due dita. Lo shock e lo sbigottimento avevano cancellato ogni briciolo di repulsione che le sarebbe potuta rimanere. Era proprio la pallottola del suo fucile, non c'erano dubbi. Ma era entrata nella statua come se stesse perforando la carne, non frantumando la pietra. Tornò con lo sguardo al buco sul suo fianco, o a quello che un attimo prima *era stato* un buco. Sebbene fosse tinto di rosso cremisi dal sangue, la pietra era liscia come se la ferita non fosse mai esistita.

Il proiettile le cadde dalle dita tremanti e lei lasciò uscire un lungo respiro. Chiudendo forte gli occhi, mormorò: «Puoi svegliarti adesso, Angie.»

Ma quando li riaprì, non era cambiato nulla. Sembrava di essere intrappolata lì, bloccata in un incubo. «Non è reale. Non devi avere paura.»

Raddrizzò le spalle e si guardò intorno tra i resti in frantumi del suo salotto. Da quando la malattia e la morte di suo padre l'avevano costretta a vendere la maggior parte degli oggetti di valore, aveva ricominciato a comprare i pezzi non appena poteva permetterselo. Aveva avuto incubi in passato sulla perdita o sulla rottura di oggetti, ma mai così vividi o estesi. Non solo le gambe del divano erano rotte sotto il peso del gargoyle, ma la sua vetrinetta era aperta e diverse statuine Hummel giacevano in frantumi sul parquet. La scatola con le porcellane di sua nonna si era rovesciata ed era caduta.

Sopra l'odore acre di polvere da sparo e sangue, il profumo inebriante della phlox notturna entrava dalla porta aperta. I sogni hanno un odore? Non riusciva a ricordarlo. Alzandosi, si diresse verso la porta e accese la luce del portico, scrutando l'oscurità del suo giardino. L'aria notturna era fredda sulla pelle, a ricordarle che l'autunno era alle porte. Fuori, tutto era come lo ricordava, fino alla terra appena smossa dove aveva interrato alcune piante di fragola quel giorno. Tranne per il fatto che il suo gargoyle mancava decisamente.

Guardando alle sue spalle, esaminò il gargoyle disteso che occupava la maggior parte del pavimento del salotto. Quanto pesava? Forse, in quel sogno, aveva una forza sovrumana.

Con un respiro per calmarsi, tornò in salotto e si accovacciò vicino alla spalla della creatura.

Mettendo entrambe le mani sotto di lui, cercò di inclinarlo per raddrizzarlo: era inamovibile. *Cazzo! E adesso?*

Una falena entrò svolazzando e sbatté contro la plafoniera sopra la sua testa, un altro intruso in quel sogno fin troppo reale. Accigliata, si diresse a grandi passi verso la porta aperta e la sbatté così forte da far tremare la casa. Voltandosi, si mise le mani sui fianchi e fissò il suo amato divano Queen Anne, con le gambe di legno scheggiate sparse ovunque e l'imbottitura che fuoriusciva dai cuscini. Quel mobile era tornato al suo posto nel suo salotto meno di un mese prima e le era costato quasi un'intera busta paga. Dio, quando si sarebbe svegliata? Era esausta: si poteva essere così esausti in un sogno? E c'era davvero un'infinità di cose da pulire. Il tappeto vintage era appiccicoso di sangue secco, per non parlare del gargoyle stesso.

Dirsi che era solo un sogno non attenuava il suo dolore mentre raccoglieva le porcellane rotte e le statuine Hummel in frantumi. Cose così sciocche, con i loro visi cherubici e le loro pose innocenti, ma le ricordavano giorni più felici. Uno dei pezzi sembrava riparabile con un po' di colla, quindi lo mise da parte e portò il resto nel bidone della spazzatura in cucina.

Con le lacrime agli occhi, tornò in salotto. Non poteva occuparsi del tappeto finché non avesse capito come spostare il gargoyle, ma poteva almeno pulire il sangue dalla statua. Prendendo un secchio e una spugna, cominciò a strofinare il suo addome muscoloso per pulirlo.

Poi lo vide. Il suo cazzo. Il suo cazzo enormemente rigido. Non era così prima. Ora si ergeva come un grosso pennone pulsante. Ai tempi del collegio, se l'era spassata con un ragazzo che aveva un cazzo come questo, ma era ancora vergine e non erano andati fino in fondo. Ancora oggi, si pentiva di non aver scoperto come sarebbe stato. Forse questa era la sua occasione. Dopotutto, era un sogno. Forse poteva trasformare questo incubo.

Lanciò uno sguardo al viso del gargoyle.

Lui la fissò con occhi fosforescenti color verde smeraldo.

Sten aveva usato in passato la sua forma di pietra per guarire, ma non si era mai avvicinato alla morte come quella notte. Il proiettile lo aveva colto di sorpresa, facendolo schiantare all'indietro mentre gli entrava in un polmone e si conficcava vicino alla spina dorsale. L'enorme quantità di energia necessaria per entrare nella duramna e fermare l'emorragia gli impose tutta la sua concentrazione. Dopo così tanti decenni passati immobile in giardino, le sue riserve di energia erano già esaurite. Si risvegliò dallo stato simile al letargo con ogni cellula del corpo che reclamava nutrimento.

Eppure la donna umana accanto a lui gli faceva pensare a tutto tranne che al cibo.

I suoi capelli scuri, quasi neri, di solito erano raccolti in un chignon disordinato mentre lavorava in giardino, ma quella notte le ricadevano in ciocche setose che le sfioravano le spalle nude. Spalle molto rosee, molto umane, femminili e morbide—non spigolose e massicce come quelle di una femmina Khargal. Non c'era motivo per cui avrebbe dovuto desiderare di far scorrere la bocca lungo la curva del suo collo, di toccare ogni centimetro esposto di lei con la lingua. Eppure lo desiderava. Il suo odore gli riempì le narici e, nonostante la sua condizione indebolita, il calore dell'accoppiamento si scatenò dentro di lui. *Hondassa.*

Lei incrociò il suo sguardo e sussultò, lasciando cadere la spugna e rovinando all'indietro sul sedere. Sten si mise a sedere, allungando una mano verso di lei, incapace di staccarle gli occhi di dosso. Voleva posare le mani su di lei. Aveva bisogno di reclamarla in un modo che avrebbe dovuto essere innaturale per un Khargal. Era una terrestre, per l'amor di *Lar.* Anche senza la Prima Direttiva a governare le sue interazioni, non avrebbe dovuto provare nulla del genere per una delle femmine morbide e formose di questo pianeta, indipendentemente dal fatto che avesse giurato di proteggere la sua linea di sangue.

La sua linea di sangue. Doveva essere questa la ragione della sua reazione. Infatti, era la discendente di Graj. Sten si era sempre chiesto come il suo amico fosse stato attratto da una Terrestre tutti quei secoli fa, spinto non solo a infrangere la Prima Direttiva, ma anche a riprodursi. Durante i secoli della sua veglia, gli antenati ibridi di Angie avevano avuto solo figli maschi, e la nascita di Angie gli aveva fatto credere che fosse stata concepita da qualcuno diverso dall'anziano che si spacciava per suo padre. Quando

William era finalmente morto, Sten aveva considerato conclusa la sua lunga veglia, certo che la femmina fosse puramente terrestre. Era rimasto in giardino solo perché non aveva nessun altro posto dove andare.

Ora, nella sua forma mobile per la prima volta da decenni, i feromoni di Angie lo richiamavano in un modo che non poteva negare. Il suo dovere era tutt'altro che concluso. Questa femmina doveva essere un'ibrida.

Lei si allontanò da lui come un granchio, borbottando: «Svegliati, svegliati.»

«Sono completamente sveglio», la rassicurò, stringendo i pugni nel tentativo di reprimere il desiderio che montava. Le sue mutandine e la canottiera non lasciavano nulla all'immaginazione, e lui aveva bisogno di un modo per saziarsi prima di fare qualcosa di avventato e violare ancora di più la Prima Direttiva. «Ho bisogno di cibo.»

«Cibo?» Lei si tirò in piedi. «Certo. Giusto. Ti prendo del cibo. Torno subito.»

In pochi secondi tornò con una ciotola e due scatole sotto un braccio. Posò la ciotola sul pavimento a qualche metro di distanza e sollevò le scatole. «I gargoyle preferiscono i Caramel-Ohs o i CinnaFlakes?»

«Ho bisogno di carne.» La sua specie era composta da cacciatori su Duras.

Il viso di lei impallidì di colpo. «Non ne ho. Di solito mangio alla tavola calda.»

Si rese conto che i suoi canini erano scoperti e si costrinse a chiudere le labbra. «Mi scuso per averti spaventata.» Alzandosi, piegò strettamente le ali ai lati della schiena. «Accompagnami a questa tavola calda.»

Lei rise. «Cazzo, questo sogno può diventare ancora più strano?»

Un sogno. Le poche volte che si era rivelato a uno dei suoi antenati, questi avevano avuto reazioni simili. Se fosse tornato al suo posto in giardino, lei avrebbe potuto pensare di essersi immaginata tutto. «Tornerò al mio posto in giardino non appena avrò mangiato.»

Lo sguardo di lei scivolò verso il suo membro. «Non voglio andare alla tavola calda. Questo è il mio sogno e voglio fare qualcosa di... divertente.»

Una ventata dei suoi feromoni lo raggiunse di nuovo, facendogli drizzare il cazzo come una frusta. I suoi seni premevano contro la sottile canottiera, i capezzoli che sporgevano contro il tessuto. «Non sai cosa chiedi.»

«Certo che lo so.» Si fece avanti e, prima che lui capisse cosa stesse succedendo, avvolse la sua mano delicata intorno alla base del membro. «Non sono più una vergine.»

Lui ringhiò a bassa voce, mentre ogni pensiero di cibo o della Prima Direttiva svaniva. Si sarebbe saziato in più di un modo prima di tornare alla sua veglia. «Sei sicura?»

Lei si leccò il labbro inferiore e annuì, mentre la sua mano le scorreva lungo il membro in un modo che fece fremere tutto il suo corpo.

Con un unico movimento rapido, le avvolse entrambe le braccia intorno alla sua corporatura più piccola e la schiacciò contro il proprio petto. Lei emise un soffio d'aria, con le pupille dilatate mentre lo guardava in faccia. Le loro labbra si incontrarono in un bacio. Sapeva che doveva farle male, ma il suo gemito era di piacere e le sue braccia gli si avvinghiarono al collo per intrecciare le dita nei suoi capelli. Una parte di lui si sentì in colpa, come se si stesse approfittando di lei, ma il desiderio che infuriava dentro di lui non voleva essere messo a tacere.

Lei aprì la bocca contro la sua, invitando la sua lingua a spingersi dentro. Era così calda, così viva, e il suo profumo era come una droga. Le passò le mani sul sedere, attento a tenere gli artigli retratti, e strofinò la sua erezione contro di lei mentre le divorava la bocca. I suoi seni stuzzicavano il suo petto con le loro punte aguzze. Lei gettò la testa all'indietro, e lui le sfiorò con le labbra la linea della mascella fino all'orecchio, leccandole il padiglione auricolare prima di affondare il naso nei suoi capelli. Inspirò profondamente. *Hondassa*.

L'istinto di accoppiamento era forte. Le sue ghiandole si gonfiarono per il bisogno di iniettarle la sua dassa, il fluido che li avrebbe legati per sempre. *Lar*, non era lì per reclamare una compagna. Ma poteva reclamare il momento, partecipare a un piacere che non avrebbe mai immaginato di trovare su questo pianeta. Si tirò indietro, strappandole la canottiera sul davanti con un solo gesto.

I suoi seni erano la perfezione: più grandi e più rotondi di quelli delle femmine della sua specie.

Chinò la testa e si attaccò a uno, il capezzolo scuro che si raggrinziva. Mentre lo succhiava per farlo indurire ulteriormente, lei dondolò i fianchi contro di lui, con il respiro che le usciva in piccoli ansimi. «Non so nemmeno il tuo nome.»

Mordicchiò il capezzolo eretto, poi passò all'altro seno. «Sten.»

«Sten» gemette lei.

I suoi testicoli si contrassero e il suo membro divenne dolorosamente duro. Voleva entrare in lei. Voleva riempirla, sentire la sua essenza intorno a sé. Farla urlare il suo nome.

Con entrambe le mani saldamente sotto il suo sedere, la sollevò, spingendola in avanti e inchiodandola al muro. Lei gli avvolse entrambe le gambe intorno alla vita, con il calore del suo centro proprio sopra il suo cazzo. Le sue mutandine sottili erano umide contro di lui, e la punta del suo membro pulsava di vita propria.

Lei fece scivolare una mano tra di loro, spostando di lato il cavallo delle mutandine. «Ti voglio adesso.»

Il suo profumo si levò tra di loro. Spingersi dentro di lei sarebbe stato il paradiso. Ma se voleva tornare in giardino e lasciarla sazia con il ricordo di un sogno, doveva essere sicuro di non farle male, così lei avrebbe potuto svegliarsi dal suo «sogno» senza una traccia fisica.

Serrò i denti e strofinò lentamente la parte inferiore e scanalata del suo membro lungo la sua superficie lubrificata, urtando il piccolo bocciolo all'apice. Lei gridò. *Ah, il suo punto sensibile.* Fece roteare il bocciolo, usando la cappella del suo cazzo per stuzzicarla. Ancora e ancora, aumentando la velocità, la stimolò finché lei non si contorse e ansimò, e la loro umidità li ricoprì entrambi.

«Fottimi!» gridò, inarcandosi contro di lui.

Lui cedette.

Il dolce abbraccio del suo calore lo consumò. Lo travolse. Fu sorpreso che la sua piccola corporatura fosse in grado di accoglierlo tutto, ma ne fu compiaciuto, e spinse i fianchi contro di lei prima di ritrarsi e scivolare di nuovo dentro. L'attrito era pura estasi, creando una pressione dentro di lui in più punti oltre ai suoi testicoli. La sua ghiandola di accoppiamento minacciava di esplodere, chiedendogli di reclamare quella femmina. Non era sicuro di quanto tempo ancora avrebbe potuto resistere senza rilasciare il veleno che l'avrebbe resa sua per sempre. E quello non sarebbe certo stato qualcosa che avrebbe potuto immaginare in un sogno.

Aveva bisogno che lei venisse. Aveva bisogno che lei trovasse il suo piacere perché lui potesse trovare il suo. La penetrò con forza, angolando i fianchi in modo da sbattere contro il suo clitoride. I suoi talloni gli si conficcarono nel sedere mentre lei si aggrappava alle sue spalle, con la bocca aperta in quello che sembrava un urlo silenzioso. Poi il suo centro si contrasse e i suoi occhi si spalancarono, incontrando il suo sguardo. Il ritmo pulsante del suo climax lo portò al limite.

Con un ruggito, sfogò il suo orgasmo, spingendo ancora più a fondo dentro di lei, ogni muscolo del suo corpo che tremava per la liberazione. La forza della sua eiaculazione sembrò catapultarla in una nuova frenesia, e i suoi polpastrelli si conficcarono nella sua pelle mentre lei urlava il suo nome. Con un'espirazione tremante, lei si accasciò contro di lui. Per un momento, temette di averla uccisa. Poi lei sospirò e gli avvolse debolmente entrambe le braccia intorno al collo, mormorandogli: «Il miglior. Incubo. Di sempre.»

Tre

Angie appoggiò la guancia contro il petto duro della sua statua, riuscendo a malapena a riprendere fiato. Aveva un profumo divino, un misto di note salate e dolci che dava assuefazione. Sperò di non svegliarsi tanto presto; non appena avesse riacquistato le forze, voleva stare di nuovo con lui.

Sten si scostò dal muro, tenendola stretta al petto. Un'enorme mano le sorreggeva la nuca mentre le mormorava tra i capelli parole che lei non riusciva a capire. La portò oltre la soglia e verso le scale, ma quando raggiunse l'ultimo gradino barcollò e la presa gli si allentò.

Lei sciolse le gambe dalla sua vita. «Stai bene?»

La luce del salotto filtrava attraverso le sue ali coriacee, che si aprivano con un'ampiezza impressionante dietro la sua schiena. Il labbro superiore gli si arricciò, rivelando i denti aguzzi che lei aveva notato prima. «Devo andare a caccia.»

Una fitta di paura la trafisse. «Cacciare? Che cosa?»

Lui barcollò di nuovo, reggendosi con una mano alla ringhiera. «A questo punto, qualunque cosa riesca a catturare.»

Angie deglutì. Era esattamente ciò che temeva. «Se hai bisogno di proteine, ho una scatoletta di tonno in dispensa», disse, muovendosi per sgusciargli accanto. «Te la prendo io.»

Lui la bloccò, prendendole il viso in una mano e accarezzandole la guancia con un pollice artigliato. «Torna a letto, *Hondassa*. Quando ti sveglierai, sarà tutto com'era prima.»

Per qualche ragione, l'artiglio le provocò un brivido che non era del tutto di paura. Cos'era quella parola che continuava a dire? «Cosa significa *Hondassa*?»

Un'espressione addolorata gli increspò i lineamenti e lui abbassò la mano. «Niente d'importante.»

Lei guardò oltre le sue spalle, verso il salotto. Alla sua sinistra, il fucile giaceva ai piedi delle scale, esattamente dove l'aveva posato. Le cose erano troppo precise. Troppo coerenti. Stava sognando davvero? Con il cuore che le batteva forte in gola, si diede un pizzicotto sull'avambraccio così forte da sussultare. «Non sto dormendo», mormorò. Aggrottò la fronte, guardandolo in viso. «Questo non è un sogno, vero?»

«Le cose sono come tu credi.» I suoi occhi si strinsero, come se desiderasse disperatamente che lei fosse d'accordo.

Alzando entrambe le mani, gliele posò piatte sul petto, facendole scorrere lungo i suoi addominali, fermandosi appena sopra la vita. Sotto i suoi palmi, il cazzo di lui si drizzò, come in attesa del suo tocco. Il battito del suo cuore accelerò. Aveva appena fatto sesso con un gargoyle. Un gargoyle vivo e vegeto. «È tutto reale.» Gli incrociò di nuovo lo sguardo, poi si ritrasse di scatto. «Sei vivo. Come?»

Lui indietreggiò verso la porta. «Non mi crederesti se te lo dicessi.»

Lei tremava, ogni istinto del suo corpo le diceva di fuggire. Eppure, non c'era verso che lo lasciasse andare senza avere delle risposte. Senza staccargli gli occhi di dosso, si chinò per recuperare il fucile e glielo puntò contro. «Fermo. Non fai un passo finché non mi dici chi sei e cosa sta succedendo.»

Alzando entrambe le mani, lui disse: «Non c'è bisogno che tu mi tema. Ho protetto la tua famiglia per generazioni.»

«Sei entrato in casa mia con la forza!»

Lui inclinò la testa. «Mi hai sparato.»

Lei inarcò le sopracciglia. «Perché sei entrato in casa mia »

«D'accordo. Anche se, a dire il vero, sono entrato solo all'inseguimento di un altro uomo.»

Lei lanciò un'occhiata verso la porta esterna chiusa. Si era quasi dimenticata che ci fosse una seconda persona quando era scesa dalle scale. «Mio padre mi diceva sempre che la famiglia aveva un angelo custode.» Esaminò le ali artigliate che spuntavano sopra le sue spalle. «Non hai l'aspetto di un angelo.»

«Non sono un angelo.» Ritrasse le ali finché lei non poté più vederle. «Ma sono qui per vegliare su di te.»

«Davvero?» Socchiuse gli occhi. «Mi hai detto che stavo sognando, poi hai pensato bene di approfittarti di me. Sarebbe questo il tuo modo di vegliare su di me?»

Il suo volto dalla pelle grigia si rabbuiò. «Sei stata tu a dire che stavi sognando. Io mi sono semplicemente limitato a non negarlo. E non ho dato io inizio all'interazione.»

«Ma sei stato al gioco e mi hai lasciato credere che fosse un sogno.»

Abbassando la testa, annuì. «Hai ragione. La perdita di sangue deve aver indebolito il mio autocontrollo. Mi scuso.»

«Puoi farti perdonare dicendomi chi sei e cosa ci fai qui.»

I suoi denti brillarono con affilatezza predatoria. «Se non mi nutro presto, non sarò in grado di dirti nulla.» Si lasciò cadere su un ginocchio, con una mano premuta sul punto in cui era la ferita.

Rendendosi conto che stava facendo una smorfia, non cercando di minacciarla, lei abbassò il fucile. «Dovrei chiamarti un'ambulanza, ma non so cosa farebbero.»

Quello sembrò scuoterlo e questa volta i suoi denti scoperti furono aggressivi. «Non chiamare le autorità. Manderesti all'aria tutto ciò per cui ho lavorato.»

Con lo stomaco di nuovo contratto per l'allarme, lei chiese: «Lavorato? Cosa intendi?»

«Ci sono entità su questo pianeta che ucciderebbero per mettere le mani su di me. E su di te. Non chiamare le autorità. Guarirò con il tempo.»

A prescindere da quanto Sten sembrasse spaventoso, lei non credeva che volesse farle del male. E suo padre aveva sempre parlato come se il guardiano della famiglia esistesse davvero. Si chiese però se lui avesse mai avuto un incontro come questo. Beh, non *esattamente* come questo. Ripensò alla loro passione e sospirò. Non aveva nulla che assomigliasse alla carne in casa, tranne il tonno. «Resta qui. Vado a prendere il tonno.»

Sten si chinò in avanti, sorreggendosi con la mano libera sulle assi del pavimento, e annuì.

Voltandosi, si precipitò in cucina. Non aveva avuto molti soldi per la spesa di recente, specialmente dopo aver comprato il divano. *Il divano ora rotto*, si ricordò, ma poi scacciò la rabbia. Sten sosteneva di essere all'inseguimento di un intruso. Per quanto ne sapeva, le aveva impedito di essere assassinata nel suo letto. Il divano era un piccolo prezzo da pagare.

Spalancò la porta della dispensa della cucina. Gli scaffali contenevano qualche barattolo di verdure dell'orto, una latta di caffè, un sacchetto di fagioli pinti secchi e due scatolette di tonno. Odiava il pesce e aveva comprato il tonno come premio per il gatto. Ma Sten voleva carne, e il tonno era tutto quello che aveva.

Aprendo entrambe le scatolette, le rovesciò in una ciotola, con tutta l'acqua di conservazione, arricciando il naso per l'odore. Gli piaceva la maionese o la salsa relish? Se lo immaginò a cacciare un cervo e a sbranarlo crudo con quei suoi denti feroci. Forse non gli sarebbe piaciuto il fatto che il pesce fosse cotto, figuriamoci i condimenti. Decise di non aggiungerci nulla, a meno che non l'avesse chiesto lui. Prima di tornare, afferrò il grembiule e se lo infilò addosso per coprire la canottiera strappata. Si sentiva come una cameriera francese in un porno, ma almeno non aveva più le tette di fuori.

Quando tornò in salotto, trovò Sten accasciato sul pavimento vicino all'uscita, con le ali avvolte intorno a sé. Accanto a lui, entrambe le scatole di cereali erano rovesciate su un fianco e qualche fiocco schiacciato era sparso sul parquet.

Lui girò la testa per incrociare il suo sguardo. «Questi Caramel-Ohs non hanno valore nutrizionale.»

Reprimendo una risata, lei posò il tonno sul pavimento accanto a lui. «Sembri la responsabile della mensa del mio campus. Tieni. È tonno. Ho maionese e salsa relish, se vuoi...»

Lui afferrò la ciotola e se la rovesciò in bocca, trangugiandone il contenuto in quello che parve un unico sorso. Poi inclinò la testa verso la ciotola e diede un enorme morso alla ceramica.

«Ehi! Quella è la mia ciotola *Fiestaware*!»

I suoi denti scricchiolarono rumorosamente e lui deglutì. «Contiene minerali che aiutano la mia guarigione.»

Lei lo guardò con orrore mentre lui dava un altro morso alla ciotola. Poi allungò la mano verso la statuina Hummel rotta che lei aveva messo accanto alla vetrinetta. Lei scattò in avanti. «No! Fermo!»

Lui inclinò la testa. «Hai altri materiali che possa consumare?»

Lei pensò alle statuine rotte che aveva gettato nel cestino e sospirò. Tanto erano spazzatura. Almeno, se le avesse mangiate lui, sarebbero servite a qualcosa. «Non toccare niente. Torno subito.»

Correndo in cucina, tirò fuori il cestino. Aveva cambiato il sacchetto prima di andare a letto, e dentro c'erano solo le statuine rotte. Recuperando i pezzi più grandi, li posò sul bancone uno per uno, mentre una parte di lei tornava a pensare che doveva trovarsi in un sogno. O quello, o il rinculo del fucile le aveva provocato una commozione cerebrale. Sentì che qualcuno la stava osservando e alzò lo sguardo per trovare Sten appoggiato allo stipite della porta. Lo sguardo nei suoi occhi era decisamente affamato, ma ebbe la sensazione che potesse essere per qualcosa di diverso dal cibo. O dalla ceramica.

Indicò i pezzi sul bancone. «Puoi mangiare questi.»

Lui si mosse in avanti, senza mai staccare lo sguardo da lei. La sua presenza sembrava riempire la stanza, costringendola a indietreggiare finché non urtò il lavandino. Lentamente, lui raccolse un frammento, sgranocchiandolo in modo meccanico.

«Ha un sapore... buono?» Non poteva credere che stesse succedendo davvero. Ma non poteva nemmeno negare quanto fosse reale il gargoyle nudo, sexy da morire e mangiatore di ceramica di fronte a lei.

La sua voce era più roca del solito quando rispose: «I minerali sono sufficienti per ora. Tuttavia, il contenuto di sodio della tua carne mi ha fatto venire sete.»

Lei si girò verso la credenza e scelse un bicchiere alto, riempiendolo con acqua del rubinetto prima di porgerglielo. «Per favore, non mangiare il mio bicchiere.»

Lui squadrò l'acqua. «Proprio come i tuoi Caramel-Ohs, il vetro ha poco valore nutrizionale.»

«Oh.» Osservò la sua gola muscolosa muoversi mentre ingoiava l'acqua. Minuscole protuberanze simili a speroni sulla sua mascella le ricordarono ancora una volta che non stava guardando un uomo, ma maledizione, era così sexy.

Lui posò con cura il bicchiere vuoto sul bancone, i suoi occhi color smeraldo sembrarono annebbiarsi. «La *duramna* sta cercando di riprendermi di nuovo.»

«Cos'è?»

«La mia forma di guarigione, molto simile a quella che avevo nel tuo giardino.»

Lei gli mise una mano sull'avambraccio, improvvisamente preoccupata che sarebbe tornato a essere una statua senza rispondere alle sue domande. «Non andare via adesso.»

«A meno che tu non abbia altro cibo per me, devo riposare.»

«Ho verdure o fagioli secchi.» Si spostò verso la dispensa e sollevò il sacchetto. «I fagioli hanno proteine, come la carne, ma richiedono tempo per l'ammollo e la cottura.»

«Ho già mangiato i fagioli. Sono piuttosto nutrienti.» Le strappò il sacchetto di mano. Infilando un indice artigliato in un angolo della plastica, lo aprì e si versò diversi fagioli in bocca.

C'era qualcosa che questo tizio considerasse davvero immangiabile? Dopo qualche istante in cui lui sgranocchiò rumorosamente a occhi chiusi, lei si azzardò a dire: «Sono decisamente più buoni cotti.»

Lui aprì gli occhi. «Grazie per la tua premura. Tornerò in giardino adesso.»

«Non così in fretta. Mi devi una spiegazione.»

Lui si passò gli artigli tra i capelli e fissò il soffitto. «Non posso infrangere la nostra Prima Direttiva.»

«Prima Direttiva? Come in *Star Trek*?» Guardò con insistenza il suo inguine. «Credo che tu l'abbia già infranta stasera.»

Il suo colorito si scurì. «Hai ragione.»

«Perché non inizi col dirmi cosa sei?»

«Gli umani ci chiamano gargoyle.»

Le sembrava che ci dovesse essere dell'altro, ma lui non aggiunse altro. Lei si mise le mani sui fianchi. «Ingegnoso. Ma cosa sei veramente?»

Lui emise un sospiro. «Sono un Khargal. Quando la mia nave si schiantò sul vostro pianeta, la nostra *duramna* ci permise di nasconderci tra le statue di pietra che la vostra specie crea.»

«Ma mio padre diceva che suo nonno aveva portato la nostra statua (tu) su una fregata ai tempi precedenti ai motori a vapore. Non puoi essere così vecchio.»

«Sono qui da molto tempo. Le vostre leggende sui gargoyle sono nate a causa nostra.» Sten strinse le labbra e prese un respiro profondo. «Alcuni della mia specie tentarono di integrarsi e trovarono persino delle compagne, incluso il mio amico Graj. Ho giurato di proteggere la sua discendenza.»

Le ci volle un momento per elaborare ciò che stava dicendo. «La sua... discendenza?» Sten era nel suo giardino. Proteggeva la sua famiglia. «Intendi i discendenti? La mia famiglia discende da un... un Khargal?» Alieni e statue viventi erano già abbastanza difficili da digerire. Ma questo?

Lui indicò la sua gola. «Sai cos'è quello?»

Lei abbassò lo sguardo, poi si rese conto che si riferiva al suo ciondolo. «Mio padre lo regalò a mia madre per il matrimonio.»

«Ma non ha mai spiegato le sue origini?»

Lei scosse la testa.

Sten agganciò teneramente la catenina d'argento con un artiglio, sollevando il ciondolo dalla sua pelle. «È uno dei nostri sigilli. Un dispositivo di comunicazione portato da ogni Khargal a bordo della nave quando si è schiantata. Ne ho uno identico nascosto nel tuo giardino.»

Le sue dita toccarono delicatamente il ciondolo. «Mi sembra di stare sognando di nuovo.»

«No, non stai sognando.» Si accovacciò, appoggiandosi in avanti su una mano.

Lei si acciglò. «Vorresti riposare sul divano…?» Poi si ricordò che non aveva più un divano.

«Devo tornare al tuo giardino e riprendere la mia *duramna*. Nessuno deve sapere che sono diverso da quello che sembro.»

«Intendi tornare a essere una statua? Ma ho altre domande.» Gli mise una mano sulla spalla muscolosa come se potesse trattenerlo fisicamente.

«Raggiungimi in giardino.» Le posò un'enorme mano artigliata sulla sua, con i suoi intensi occhi color smeraldo. «Ti dirò tutto quello che posso prima che la *duramna* mi prenda.»

Quattro

Sten uscì nella piacevole aria fresca della notte. Il suo bisogno di riposare e guarire diventava sempre più difficile da ignorare, persino con il corpo seducente e seminudo di Angie così vicino a lui. Fece scorrere il dorso degli artigli sulle cime del fogliame mentre seguiva Angie giù dalla veranda. «Sono sbalordito dalla tua capacità di prenderti cura di queste piante. Ti troveresti bene su Duras. Il clima lì è molto simile a quello di queste montagne.»

«Duras è il nome del tuo pianeta?» chiese lei, fermandosi vicino alla panca di pietra accanto al punto in cui lui era rimasto di guardia per quasi tre generazioni. «Vuoi sederti qui per parlare?»

La Prima Direttiva gli fece stringere la gola mentre considerava il suo invito disinvolto. Sedersi accanto a una Terrestre e discutere del suo popolo era proibito. Andava contro ogni briciolo dell'addestramento che aveva ricevuto. Ma era naufrago su questo pianeta da oltre mille anni, senza speranza di essere salvato. Perché avrebbe dovuto privarsi di compagnia o conforto, quando *Lar* gli aveva mandato una *Hondassa*? Lei era più dolce di qualsiasi cosa avesse potuto immaginare e le avrebbe detto tutto quello che voleva sapere. Le avrebbe dato qualsiasi cosa desiderasse. Aveva rispettato la Prima Direttiva abbastanza a lungo. Si mosse verso la panca. «Come desideri.»

Si accomodò al centro della seduta, infilando la coda dietro una gamba. Angie sembrava incerta mentre guardava lo spazio rimanente su entrambi i lati. Era una visione da far venire l'acquolina in bocca in quel ridicolo grembiule sopra i suoi indumenti da notte quasi inesistenti, stringendosi i gomiti sul petto. Nell'oscurità, la sua vista potenziata rilevò minuscoli brividi lungo la sua pelle. La temperatura di fine settembre non aveva effetto su di lui, ma i Terrestri l'avrebbero considerata fredda. «Hai freddo?»

Lei si strinse nelle spalle. «Non proprio.»

Indicando la panca, lui aprì le ali. «Ti darò riparo.»

Lei scosse la testa, ma si sedette accanto a lui. «Sexy e poetico. Sei sicura che io non stia sognando?»

Con una risatina, la tirò più vicino, avvolgendola con la sua ala. Era così piccola, così fragile, che il suo impulso di proteggerla dai pericoli andò ben oltre il semplice dovere. Non c'era nient'altro che contasse la metà.

«Quell'uomo che era in giardino», disse lui. «Ha detto chi rappresentasse?» Era stato solo parzialmente sveglio durante la conversazione, allertato dal tocco dell'uomo.

Angie si strinse nelle spalle. «Non gliel'ho chiesto. Mi ha dato un biglietto da visita, ma non l'ho tenuto. È stato lui a entrare in casa?»

«No, era un altro Terrestre. Ma è una strana coincidenza.»

«Terrestre. È così che chiamate gli umani?»

Lui annuì una volta. «Sì. Umani.»

«Carino. Comunque, pensavo che quel tizio volesse

il mio gargoyle... cioè, te. Perché entrare con la forza?»

Sten si allungò e toccò il ciondolo annidato alla base della sua gola. «Potrebbe aver visto il tuo ciondolo e averlo riconosciuto. C'è una società di umani che dà la caccia alla mia specie — alla nostra specie — da secoli, in cerca della nostra tecnologia. Uomini come loro sono la vera ragione per cui abbiamo una Prima Direttiva. C'era un simbolo sul biglietto? Un fiore di qualche tipo?»

«Non ho guardato.»

Lui sospirò. «Devi essere cauta. Se questi uomini di cui parlo scoprono che hai sangue Khargal, non si lasceranno scacciare così facilmente.»

«Non riesco ancora a convincermi di questa storia dell'essere in parte aliena.» Si strofinò le dita sulla fronte. «Non ho nemmeno un accenno di corna, per non parlare di ali o di una coda. Nemmeno mio padre.»

«Al contrario. Tuo padre aveva una coda vestigiale che il dottore gli rimosse alla nascita. Gli attributi Khargal della tua famiglia si sono attenuati con l'introduzione di più sangue umano nel corso delle generazioni. Dopo così tante nascite di soli maschi, credevo che una femmina potesse essere impossibile. Poi sei nata tu e ho pensato che la linea di sangue si fosse estinta.»

«Ma se avessi dei figli...» Si irrigidì contro il suo fianco, aggrottando le sopracciglia. «Aspetta, stai dicendo che pensavi che non fossi la figlia biologica di mio padre?»

«La possibilità mi ha attraversato la mente. Tuttavia, ora so che non è così. Hai sangue Khargal.»

«Come fai a saperlo?»

Lui girò la testa per guardarla negli occhi. «Non c'è altra spiegazione per i sentimenti che provo.»

«Che tipo di... sentimenti?» Il suo odore cambiò mentre l'eccitazione si diffondeva nell'aria.

Macero, era pronta per lui dopo appena una parola. Non poteva più negare che Angie fosse la sua *Hondassa*, indipendentemente da quanto DNA terrestre avesse. Il suo sesso si mosse, spingendolo ad accoppiarsi di nuovo, a reclamarla nonostante il bisogno di trasformarsi nel suo *duramna*. «I Khargal sono sensibili alle connessioni feromonali, un modo per discernere quale partner ha il potenziale per essere una vera compagna. Trovare una corrispondenza è raro, anche tra i Khargal.»

Lasciò che le sue parole facessero effetto, consapevole dello sguardo con gli occhi sgranati che lei gli lanciava da sotto la sua ala.

Il silenzio divenne pesante. Gli dolevano gli occhi e la pelle gli prudeva per il bisogno di trasformarsi. Alla fine, Angie parlò. «Stai dicendo che pensi che io sia la tua... vera compagna?»

«Non preoccuparti. Non ti darei mai il veleno senza il tuo permesso.»

«Veleno?» Scattò in piedi, liberandosi dalla sua ala con uno strattone secco. «Che storia è questa del veleno? Sei un vampiro? Un gargoyle alieno è già abbastanza strano per una sola notte.»

«Niente a che vedere con un vampiro. Ho scelto la parola terrestre sbagliata. In durassiano la chiamiamo *dassa*.» Ritrasse le ali contro la schiena, cercando di apparire il meno minaccioso possibile. «I compagni condividono il legame della *dassa* a livello cellulare. Permette loro di procreare, garantisce una vita più lunga e altri benefici.»

La rigidità nelle sue spalle si allentò. «Quindi, per avere un bambino, i miei antenati hanno condiviso questa *dassa*?»

«Sì. Se la tua antenata femmina non fosse stata uccisa dalla sua stessa gente, sarebbe vissuta al fianco di Graj per molti secoli.»

Angie si leccò le labbra in un modo che fece di nuovo agitare il suo sesso. «Quindi Graj era... il mio tris-qualcosa nonno? Com'è successo?»

«Sì, Graj è il Khargal che ha generato la linea di sangue della tua famiglia.» Facendo un respiro profondo, richiamò alla mente quei giorni, secoli fa, quando lui e i suoi compagni di equipaggio si erano separati, cercando di nascondersi dai Terrestri che davano loro la caccia. «Quando la mia nave arrivò per la prima volta sul vostro pianeta, la vostra gente credeva che fossimo demoni. Quelli di noi che non furono uccisi furono costretti a nascondersi. Graj era un ufficiale scientifico specializzato in culture aliene primitive; le città terrestri erano un'esca per lui. Aveva un filtro percettivo che poteva mascherarlo da Terrestre — da umano — e spesso si avventurava nei vicoli e nei bordelli nel buio della notte. C'era una donna in particolare che gli piaceva osservare. Poi, una notte, si rivelò a lei. Credeva di aver trovato la sua *Hondassa*.»

«Ecco di nuovo quella parola che continui a usare.»

Sten guardò il cielo. L'orizzonte aveva assunto una sfumatura lavanda con l'avvicinarsi dell'alba, ricordandogli i cieli viola di casa. «Significa "vera compagna".»

«Oh.» Si sistemò di nuovo sulla panca al suo fianco.

Un brivido percorse Sten alla sua scelta di stargli di nuovo vicino, e l'avvolse nella sua ala. «Va bene così?»

«Sì. Ti prego, dimmi di più.»

«Come desideri.» Un calore formicolante si diffuse dalla pelle di lei alla sua. «Graj e la sua *Hondassa* vissero molti anni insieme. Era stato euforico nello scoprire che la sua *Hondassa* era una specie compatibile per produrre prole.» Il ricordo della gioia del suo amico era ancora inciso nella memoria di Sten. «Ma mentre lui poteva usare il suo filtro percettivo per nascondersi tra la vostra gente, non aveva un secondo dispositivo per il piccolo. Il bambino aveva la coda di un Khargal. La levatrice voleva soffocarlo immediatamente. Invece, Graj e la sua compagna tennero il piccolo avvolto in fasce per nascondere la differenza. Nel giro di pochi mesi, tuttavia, emersero i germogli delle corna e le ali del bambino. Quelli erano più difficili da nascondere.»

«Suggerii a Graj di trasferire la sua famiglia molto lontano. Di trovare un posto dove non vivessero Terrestri. Ma la sua *Hondassa* aveva genitori malati e non voleva andarsene. E non permetteva a Graj di portarle via il suo bambino.» Sten strinse gli occhi. Non pensava a Graj da molti anni e la storia era dolorosa come la ricordava.

«E quindi cosa fecero?»

Strinse di più la sua ala, bisognoso di sentire il calore di Angie. «Per un certo periodo, Graj e la sua compagna tennero il bambino in casa, lontano da occhi umani. Ma un giorno un prete venne per assistere i nonni malati e spiò il bambino. Accusò la donna di avere rapporti con i demoni. Si radunò una folla che catturò la compagna e il figlio di Graj, intenzionata a bruciarli sul rogo.»

«Oddio!» Angie intrecciò le sue dita con le sue.

Sten continuò, sentendo il bisogno di liberarsi di una storia che non aveva mai raccontato a nessuno fino ad allora. «Graj e io tentammo di fare irruzione nella prigione e recuperare sia la compagna sia il figlio. Io ci riuscii con il bambino. Graj... no.»

Non aveva mai portato un fardello così pesante come quel giorno in cui lasciò la città con un bambino piangente tra le braccia, mentre il suono delle urla dei Terrestri, delle fiamme ruggenti e della pietra Khargal che si frantumava svaniva in lontananza. Il ricordo fece sentire Sten fragile come scisto, e il *duramna* lo stava costringendo nell'oscurità. Non poteva più trattenere l'istinto di riposare.

«Non sono in grado di aggiungere altro.» Ritirò l'ala e si alzò, voltandosi per offrirle una mano. «Ma verrò da te dopo il tramonto per parlare ancora, se ti fa piacere.»

Lei accettò la sua stretta, alzandosi per fronteggiarlo. «Mi farebbe piacere.»

L'alba spuntò all'orizzonte, dipingendo la sua pelle morbida di una luce pastello e catturando le sfaccettature del ciondolo color rubino alla sua gola. Lui lo toccò con un artiglio. «Il Sindacato della Rosa potrebbe avvicinarsi di nuovo a te. Non permettere che questo sigillo ti venga sottratto.»

La mano di lei si alzò, nascondendo il ciondolo alla sua vista. «Era di mia madre. Non lo tolgo mai. Anche se non mi avessi detto cos'è, non avrei mai lasciato che quello stronzo lo toccasse.»

Lui sorrise, divertito da quanto fosse protettiva nei confronti delle cose che considerava sue. Si chinò, sfiorando le labbra di lei con le sue in quel gesto d'affetto che i Terrestri chiamavano bacio. Lei si appoggiò a lui, il suo respiro dolce come il nettare dei fiori che li circondavano, le sue labbra morbide come petali. Le sue zanne dolevano, spingendolo a finalizzare il reclamo sulla sua *Hondassa*. Ma lei non era pronta per quello — se mai lo fosse stata — e lui aveva bisogno di dormire e guarire. «Avrò di nuovo molta fame quando mi sveglierò.»

«Ti porterò qualcosa dalla tavola calda.»

Le rivolse un sorriso obliquo. «Forse avrò bisogno di qualcosa più del cibo.»

Il rossore che le infuse la pelle rosea lo gratificò. Si voltò e oltrepassò i cumuli di fiori, sistemandosi per nascondere l'erezione prima di trasformarsi in pietra.

Winston York III era un analista, non un agente sul campo, e non aveva mai visto un alieno di persona, ma la statua nel cortile di quella donna corrispondeva a ogni descrizione delle creature che avesse mai letto. Poi aveva visto la collana della donna, quella gemma di rubino a forma di uovo che ogni membro del Sindacato della Rosa era istruito a cercare, e capì che la statua non era una semplice somiglianza casuale.

Aveva trovato un vero gargoyle.

Quaggiù, nel mezzo del nulla del Montana.

Chi avrebbe mai pensato che una cosa del genere fosse anche solo possibile?

Stava in un angolo della sua stanza al bed-and-breakfast, cercando di non muoversi per non perdere la connessione. La ricezione del cellulare da quelle parti era atroce. «Il ladro a cui mi ha collegato era un buffone.» L'uomo aveva lasciato un messaggio sulla segreteria di York parlando di mostri e guardie armate. Quando York aveva provato a richiamarlo, non aveva ricevuto risposta. «Tutto quello che è riuscito a fare è stato allertare il bersaglio.»

«Ci occuperemo di lui. Nel frattempo, tenga un

basso profilo finché non potremo mandare una squadra completa lì.»

«Quando pensa che sarà? Pronto? Mi sente?» Non era sicuro che lei avesse riattaccato o che la connessione si fosse interrotta. In ogni caso, non sarebbe rimasto a starsene con le mani in mano. Aveva visto un binocolo al banco dei pegni. Avrebbe sorvegliato quella statua.

Cinque

Angie osservò Sten riprendere la sua posizione semiaccovacciata sopra le sue calendule. Nella pallida luce dell'alba, sembrava che non si fosse mai mosso. Un osservatore distratto avrebbe potuto non notare che l'inclinazione delle sue spalle era cambiata, o che il leggero disegno dei riccioli tra i suoi capelli era diverso. Si chiese quante volte si fosse mosso nel corso degli anni e lei non se ne fosse mai accorta.

Avvicinandosi cautamente, si fermò proprio di fronte al viso di Sten, guardando nei suoi vacui occhi di pietra. Con dita esitanti, gli accarezzò la guancia e uno dei bicipiti perfettamente scolpiti. I suoi arti erano duri e freddi, eppure in qualche modo non davano una sensazione di morte. Era pietra viva, e una parte istintiva di lei riusciva a percepire la vita che pulsava sotto la sua superficie rocciosa.

Dall'interno della casa, il rintocco della sua pendola le ricordò che era ora di prepararsi per il suo turno. Costringendosi a voltarsi, rientrò a fatica per farsi la doccia e indossare qualcosa che non fossero solo le mutandine e un grembiule. Per fortuna non aveva vicini che potessero notare il suo abbigliamento mentre uscivano per andare al lavoro.

Mentre si vestiva, si fermò alla finestra che dava sul giardino. Aveva affrontato così tante cose in così poco tempo che si sentiva come se stesse impazzendo. Ma non era così. L'incontro con Sten era stato fin troppo reale. Le cose non sarebbero mai più potute tornare come prima, ora che sapeva di lui. *E ci aveva fatto sesso.* Già, non dimenticare quella parte. La sua passera formicolò quando pensò al modo in cui l'aveva riempita.

Il campanello interruppe i suoi pensieri. Doveva essere ancora più in ritardo di quanto pensasse; di solito Mae suonava il clacson per farle sapere che la stava aspettando nel suo camioncino. A meno che non avesse portato delle uova in più e stesse entrando da sola...

Il salotto! Angie scese le scale due gradini alla volta, afferrando l'estremità del corrimano con una mano per evitare di sbattere contro il muro.

Troppo tardi. Mae aveva usato la sua chiave ed era già dentro. Le stava quasi cadendo di mano la scatola delle uova mentre fissava il disastro a bocca aperta. «Che cosa è successo qui?»

Angie rabbrividì. Il salotto sembrava ancora peggio alla luce del giorno. Il divano sfondato era già abbastanza brutto, ma l'enorme macchia rossa sul tappeto sembrava la scena di un omicidio. Come avrebbe potuto giustificarlo? «Qualcuno è entrato in casa mia la notte scorsa.»

«È un sacco di sangue.» Mae non riusciva a staccare gli occhi dalla macchia sul pavimento.

Angie cercò di trovare una scusa, ma tutto quello che le venne in mente fu: «Non è il mio.»

Gli occhi di Mae si spalancarono. «Hai ucciso qualcuno? Dov'è?»

«È scappato.» Almeno su questo poteva dire la verità. «Penso che possa essere stato un tipo inquietante che è passato ieri e voleva comprare il mio gargoyle.»

«Hai chiamato la polizia?»

«Non ancora. Grazie per le uova.» Angie strappò la scatola dalle mani di Mae, combattuta tra il desiderio di farla uscire di lì e la necessità di agire normalmente. Si diresse attraverso la sala da pranzo verso la cucina per ficcare le uova in frigorifero.

«Cosa? Perché no?» Mae la seguì da vicino, passandosi una mano tra i capelli corti mentre scrutava tutti gli angoli come se si aspettasse un attacco. «È stato rubato qualcosa?»

«Non ne sono ancora sicura», rispose Angie sinceramente, tenendo aperta la porta laterale della cucina. Meno tempo passavano dentro, meglio era. «Ma parecchie cose si sono rotte. Dai. Se faccio tardi, Robert mi farà una ramanzina.»

Affrettandosi verso il cancello in ferro battuto, Angie fece fatica a ignorare Sten mentre gli passava accanto. La stava osservando? Salì sul lato del passeggero del pick-up di Mae e chiuse la portiera.

Mae scivolò dietro al volante. «Wow, non posso credere che ti sia entrato qualcuno in casa. Lo sceriffo Rollands sarà al settimo cielo per avere finalmente un caso.» Mae le lanciò un'occhiata di sbieco e Angie sbuffò. Tutti sapevano che lo sceriffo odiava qualsiasi cosa creasse scartoffie. Mae avviò il motore. «Verrò ad aiutarti a pulire stasera.»

«Non ti preoccupare. È solo il salotto. Posso farcela.» L'ultima cosa che Angie voleva era che Mae si presentasse mentre Sten era sveglio.

«È per questo che esistono gli amici.» Si allontanò dal marciapiede. «Porterò la tequila.»

«No, davvero. Non c'è bisogno che tu venga.» Angie cercò affannosamente una scusa credibile. «Devo raccogliere i semi dei miei piselli antichi prima che se li prendano i corvi e ho dei semi di pomodoro a fermentare che devo selezionare e asciugare prima che germoglino.»

«Davvero? Lascerai quella macchia di sangue sul pavimento solo per raccogliere dei semi? Sai che puoi semplicemente comprarli, vero?» Mae scalò la marcia nel punto più ripido del tornante e svoltò l'angolo. «Le macchie di sangue sono difficili da togliere. Fidati, lo so bene.» Mae era un'infermiera nell'unica clinica della città e si lamentava sempre dei fluidi corporei che doveva pulire dai suoi vestiti.

Angie appoggiò una mano sul cruscotto per prepararsi alla curva. «Non è la stessa cosa. La mia bisnonna ha portato quella varietà con sé dalla Pennsylvania.»

Mae scosse la testa. «Sei una pazza fatta e finita.»

Sollievata di aver abbandonato l'argomento dell'effrazione, Angie rise. «Mi conosci bene. Ehi, hai già mangiato? Lasciami alla porta e ti prendo un paio di fette di pancetta da mangiare per strada.»

«Se mi offri della pancetta, non importa se ho già mangiato o no.»

«E ti definisci un medico.»

«Infermiera specializzata, grazie tante.»

Più avanti, la strada entrava nelle vie di New Turnbull. Gli edifici erano progettati per sembrare del Vecchio West, fiancheggiando Main Street con facciate a due piani e fantasiosi marciapiedi in legno invece che in cemento. Le vetrate del diner avevano volute dorate dipinte agli angoli e un menu in stile antico affisso all'esterno per attirare i turisti. Sebbene fossero appena le sette del mattino, il parcheggio a spina di pesce di fronte ospitava più di una manciata di pick-up.

Mae si infilò in uno spazio libero e Angie aspettò a

malapena che le ruote si fermassero prima di scendere sul selciato. «Torno subito.»

Sbirc iando dentro dalla vetrina del locale mentre si avvicinava alla porta, incrociò lo sguardo accigliato di Robert. Stava versando caffè a uno dei clienti abituali, e il cuoco scontroso odiava servirlo. A quanto pare, la nuova cameriera era in ritardo.

Oltrepassò la postazione della hostess, inspirando l'odore pepato della salsiccia e dando una pacca sulla spalla a uno dei clienti abituali mentre passava. «Ehi, Kyle.»

«Buongiorno, Angie.»

Robert la seguì in cucina. «Devi licenziare quella ragazza nuova.»

Angie inarcò un sopracciglio. Celia era la nipote della proprietaria e Angie non aveva nessuna intenzione di pestare i piedi a qualcuno. «Non è compito mio.»

Lui girò alcune salsicce sulla griglia. «Qualcuno deve parlarle, almeno.»

«Beh, non sarò io.» Guardò le salsicce. «C'è della pancetta che potrei scroccare? Devo ripagare il passaggio.»

Robert sogghignò. «Parlerai con la ragazza nuova?»

Angie roteò gli occhi. «Ne parlerò con la signora Hendricks quando arriverà più tardi.» Robert gettò due salsicce su un piatto. Angie fece una smorfia. «Pancetta?»

«Chi si accontenta gode.» Prese un paio di uova. «Sbrigati. Kyle è qui già da venti minuti.»

Sospirando, Angie prese le salsicce e si affrettò a passare tra i tavoli fino al camioncino di Mae lì davanti. Mae aggrottò la fronte guardando le salsicce. «Avevi promesso pancetta.»

Angie prese una salsiccia e le diede un morso. «Se non le vuoi...»

«Va bene.» Mae allungò la mano fuori dal finestrino e afferrò l'altra salsiccia. «Ti passo a prendere dopo il turno.» Ingranò la retromarcia e si diresse lungo la strada verso la clinica.

Tornata dentro, Angie trascorse la prima metà del suo turno trascorse la prima metà del suo turno in modalità automatico, con i pensieri fissi a immaginare cosa stesse facendo Sten a casa. La sua mano continuava a cercare il ciondolo alla sua gola. Suo padre le aveva raccontato un sacco di storie sulla sua infanzia e sul passato della famiglia, ma l'unica menzione del gargoyle era stata di come fosse arrivato con loro dall'Europa duecento anni prima. Sten era il loro più antico cimelio di famiglia. Ed era un essere vivente. Poteva davvero essere così vecchio?

Intorno a mezzogiorno, entrò la signora Hendricks, dirigendosi al suo solito tavolo vicino alla finestra senza aspettare di essere accompagnata. Come sempre, era vestita fin troppo bene per il loro paesino sperduto, appendendo la sua borsa Louis Vuitton all'angolo della sedia prima di sedersi. I capelli erano stati appena tinti di quella sfumatura ramata di rosso che molte donne della sua età sembravano prediligere. Angie afferrò la caraffa del caffè e si diresse a riempirle la tazza. «Cosa posso portarLe per pranzo oggi?»

«Club sandwich al tacchino, maionese extra.» La signora Hendricks usò le sue unghie rosse curate per aprire con attenzione tre vaschette di panna e le versò nella tazza.

«Arriva subito.» Angie si girò per andarsene ma fu fermata da una mano sul braccio.

La signora Hendricks sfoggiava il suo compiaciuto sorriso da Società Storica. «Ho un ricco benefattore che chiede un tour personale della Vecchia Turnbull. Le dispiacerebbe se facessimo un salto a dare un'occhiata a casa sua più tardi questo pomeriggio?»

«Non è una buona idea.» Angie cercò affannosamente una ragione per dire di no. «Devo pulire. Ho avuto un'effrazione la notte scorsa.» Appena lo disse, se ne pentì.

«Oh, cielo, ha avuto un'effrazione?» Gli occhi della signora Hendricks, circondati da una pelle simile a carta crespa, si spalancarono. «Ho appena visto lo sceriffo Rollands e non ne ha parlato.»

Angie finse un ampio sorriso e agitò una mano noncurante in aria. «Non è stato niente. Solo alcuni dei miei ninnoli si sono rotti.» Odiava chiamare i suoi cimeli "ninnoli", ma non voleva che la signora Hendricks si allarmasse per qualcosa che avrebbe potuto considerare di valore storico. «Ho solo bisogno di tempo per pulire.»

«La casa è stata danneggiata?» La signora Hendricks strinse le labbra. Come capo della Società Storica, aveva già richiamato Angie per aver impiegato troppo tempo a riparare una finestra rotta. Non che il resto della città fantasma non facesse schifo, ma tant'è.

«La casa sta bene. E i vandali sono scappati.» Angie si sentì piuttosto fiera di sé per aver pensato a quel dettaglio su due piedi. «Non c'è bisogno di sporgere denuncia.»

La signora Hendricks emise un sospirò esasperata e allungò la mano verso la sedia per prendere la borsa. «Chiamo lo sceriffo. Se c'è una cosa che non tolleriamo qui a Turnbull, è il crimine. Vada pure a casa, cara. Farò in modo che La incontri lì.»

Per quanto ad Angie sarebbe piaciuto andare a casa, l'ultima cosa di cui aveva bisogno era una visita dello sceriffo. «Non posso andarmene, signora Hendricks. Celia non si è presentata per il suo turno oggi.»

La signora Hendricks si irrigidì, sbattendo le palpebre due volte prima di aggrottare la fronte. «Beh, a questa sciocchezza ci penso subito io.»

Angie fece un passo indietro mentre la donna chiamava sua nipote. Robert ne sarebbe stato contento, e si sperava che la signora Hendricks si sarebbe dimenticata di chiamare lo sceriffo.

Niente da fare. Quando Angie portò il sandwich al tavolo, la signora Hendricks disse: «Celia arriverà da un momento all'altro, cara. E ho informato lo sceriffo dell'effrazione. Prenda le sue cose e vada a incontrarlo a casa sua.»

Stringendo i pugni lungo i fianchi, Angie annuì e si ritirò in cucina. Alla griglia, il solito cipiglio di Robert si addolcì. «Tutto bene?»

«Ho parlato alla signora Hendricks di Celia.» Angie gli rivolse un sorriso tirato. «La ragazza sta arrivando per prendere il mio posto. Devo andare a incontrare lo sceriffo a casa mia.»

«Sei in qualche tipo di guaio?»

Robert sembrava burbero, ma non era un cattivo ragazzo. Scosse la testa. «Non è niente. Verrò domani.»

Appese il grembiule, afferrò la borsa e si precipitò fuori prima di ricordarsi che aveva promesso di portare del cibo a Sten. *Merda.* Mentre si voltava per rientrare a mendicare un piatto di cibo, quasi si scontrò con il signor York. Lui le rivolse un sorriso untuoso. «Proprio la persona che speravo di vedere.»

Raddrizzò le spalle e scosse la testa. Il suo stupido tentativo di comprare la casa era l'ultima cosa a cui aveva tempo di pensare. «Mi scusi, devo andare.»

Si voltò sui tacchi e camminò a grandi passi lungo il marciapiede di legno. Ora non solo avrebbe dovuto tornare a casa a piedi, ma sarebbe stata anche costretta a procurarsi del cibo al minimarket della stazione di servizio lungo la strada. Comprò due lattine di fagioli in salsa, una confezione di hot dog e una pagnotta di pane. Non esattamente il tipo di pasto fatto in casa che aveva immaginato per Sten, ma la notte prima gli erano piaciuti i fagioli secchi, quindi questo non poteva che essere un miglioramento.

Il sudore le colava lungo i fianchi quando raggiunse la cima del primo tornante sulla collina, e sentiva la mancanza di sonno in ogni muscolo. Passò ansimando davanti alla vecchia scuola che ora fungeva da misera scusa per un museo minerario e svoltò l'angolo su quella che un tempo era stata la Main Street della città vecchia. Più avanti, parcheggiato appena fuori dal suo recinto in ferro battuto, il Bronco dello sceriffo attendeva.

Merda. Aveva sperato di arrivare prima di lui e gettare un tappeto o qualcosa sulla macchia di sangue. Accelerò il passo, tenendo volutamente lo sguardo lontano dal suo gargoyle mentre attraversava il giardino. Rollands era stravaccato sull'altalena del portico, il cappello inclinato a coprirgli il viso, le mani giunte sulla sua pancia ossuta.

Salì silenziosamente i gradini, sperando di passargli accanto di soppiatto prima che si accorgesse di lei, ma lui sollevò la tesa del cappello con un dito. «Pensavo che sarebbe arrivata poco fa.»

«Sono dovuta venire a piedi.» Accennò un sorriso sollevando la busta della spesa. «Mi dia un secondo per mettere via questa roba e sarò subito fuori.» Forse avrebbe potuto gettare un asciugamano sulla macchia, o meglio ancora, o meglio ancora, fare la denuncia senza lasciarlo entrare.

Lui si alzò, infilando entrambi i pollici nei passanti della cintura. «Ho già dato un'occhiata attraverso il vetro.» Fece un cenno con la testa verso il bovindo del salotto senza staccare lo sguardo da lei. «Sembra che ieri abbia avuto una bella nottata.»

Lo stomaco le si strinse. Non aveva nemmeno considerato che potesse guardare attraverso le finestre. «L'intruso è scappato. Non c'è bisogno di preoccuparsi.»

«Una macchia di sangue piuttosto grande, lì dentro. Dovrò dare un'occhiata.»

Aveva già visto la macchia di sangue, quindi cosa c'era da perdere? Annuendo, lo precedette su per i gradini e aprì la porta d'ingresso, conducendolo nel salotto sottosopra.

Rollands rimase a osservare il disastro con le mani sui fianchi. «Può descrivere l'uomo?»

Scosse la testa, cercando di ricordare gli eventi della notte precedente. «Era buio. Ho gridato che avevo una pistola e, quando sono scesa, qualcosa di enorme mi si è avventato contro. Ho sparato. Poi l'intruso è scappato dalla porta aperta.»

Rollands tirò fuori il telefono dalla tasca sul petto e scattò diverse foto del disastro. «Le ha rotto il divano? Doveva essere un tipo davvero grosso.»

«Sì. E ha rotto un sacco delle mie statuine.» Indicò la vetrinetta mezza vuota prima di rendersi conto del suo errore. Sten aveva mangiato le ceramiche, quindi non aveva prove che fossero mai esistite, tanto meno che fossero state rotte. Prese quella che intendeva incollare. «Vede?»

«È stato rubato qualcosa?»

«Non credo, altrimenti l'avrei chiamato.»

Lo sceriffo sembrò placato dalla sua risposta e rimise il telefono nella tasca sul petto. «Non ho ricevuto segnalazioni di qualcuno che sia arrivato con una ferita da arma da fuoco.» Tirò fuori un kit per tamponi dalla tasca posteriore e tamponò la macchia. «Dovrò dare un campione al laboratorio per vedere se è umano.»

La pressione nel petto di Angie si allentò. *Il sangue non è umano.* Questa poteva essere la soluzione a tutto. «Potrebbe essere stato un orso? Ero esausta per il giardinaggio e potrei aver lasciato la porta d'ingresso socchiusa.»

Si grattò la testa. «Potrebbe essere. Ha detto che era buio. E un paio di escursionisti hanno detto di averne visto uno la settimana scorsa.» Scavalcò una delle gambe rotte del divano e si avviò verso la porta. «Vuole fare denuncia?»

Angie si ritrovò a scuotere la testa, per una volta

contenta che allo sceriffo non piacessero le scartoffie.

«Beh, mi faccia sapere se Le mancano oggetti di valore.»

«Certo.» Gli sorrise raggiante. «Grazie.»

Lo accompagnò nell'atrio e sul portico, guardandolo allontanarsi in una nuvola di polvere. Finalmente era sola con il suo gargoyle.

Sei

Angie staccò i baccelli secchi dei piselli antichi della nonna dalle viti avvizzite e li scosse nel barattolo della scatola dei semi, poi passò a dividere le sue peonie. La mamma coltivava quei fiori rosa profumati accanto alla finestra della cucina, ma l'appaltatore che le aveva riparato il tetto aveva schiacciato la maggior parte delle corone. Quella primavera le era mancato il profumo di zucchero filato, ma per fortuna una pianta era sufficiente per ricreare l'aiuola nel giro di qualche anno.

Si diede da fare in giardino finché il sole non scese sotto l'orizzonte e divenne troppo difficile vedere. Sten non si era mosso per niente, nessun fremito di palpebre, a quanto poteva dire. Poteva vederla e sentirla mentre era una statua? Si posizionò proprio di fronte al suo volto di pietra. «Ehi. Sei sveglio lì dentro?»

Nessuna risposta.

Gli posò una mano sulla guancia, fissando a turno entrambi gli occhi grigi e vacui. Aveva detto che guariva in quello stato. Forse era stato ferito più gravemente di quanto pensasse e aveva bisogno di più tempo. Premette la fronte contro la sua. «Vado dentro a preparare da mangiare.»

Non che aprire una scatola di fagioli e tagliare dei würstel prima di buttare tutto nel microonde richiedesse molto tempo, ma non voleva distrazioni quando lui fosse rientrato. Aveva molto altro da dirle, per non parlare delle sue ultime parole sul fatto che volesse più del cibo. Non riusciva a smettere di pensare al modo in cui aveva sentito il suo corpo contro il proprio. Dentro il proprio. Voleva rifarlo. E ancora.

Pensare di spogliarsi con lui le fece rendere conto di quanto fosse sudata e impolverata, così salì a farsi una doccia. Si era appena sciacquata la schiuma dai capelli quando sentì un passo pesante entrare nella stanza. Dall'altra parte del vetro opaco del box, una figura imponente bloccava la luce proveniente dalla porta della sua camera da letto.

«Sten?» Chiuse l'acqua e aprì uno spiraglio della porta del box doccia per sbirciare.

Sten era sulla soglia, enorme e grigio, con gli occhi verde smeraldo scintillanti e la coda che si agitava nervosamente. Fece un passo esitante in avanti come se lottasse contro il suo stesso corpo. «Sei nuda.»

«Beh, sì. Sono sotto la doccia.» Il suo sguardo scese alla vita di lui e deglutì alla vista del suo cazzo turgido. «Anche tu sei nudo.»

Fece un altro passo. «Il desiderio di accoppiarmi con te è forte.»

Un'ondata di calore le inondò l'interno delle cosce e inspirò con un piccolo ansimo, aggrappandosi al bordo della porta del box doccia per sostenersi. «Pensavo che avresti voluto mangiare prima.»

«Infatti.» Fece un altro passo e le strappò la porta dalla presa, spalancandola. «Ma la tua eccitazione è impossibile da ignorare. Mi piacerebbe assaggiarla.»

Lo guardò a bocca aperta mentre lui si sporgeva e le circondava la vita con un braccio enorme, strappandola al getto d'acqua. Il suo corpo duro come la roccia contro il suo la fece fremere in tutti i punti giusti. Si ritrovò ad annuire e lui la portò in camera da letto. La depose sul letto e la spinse sulla schiena, piantandole un ginocchio tra le cosce prima di sfiorare le sue labbra con le proprie. «Gli umani lo chiamano baciare, corretto?»

La sua pelle fremeva al suo tocco, e uno strano sapore dolce e salato le inondò la bocca. «Un vero bacio dura più a lungo. Lascia che ti mostri.»

Gli mise una mano dietro al collo e lo attirò a sé, aprendo la bocca contro la sua. Lui intrecciò la sua lingua con quella di lei finché non rimase ansimante. Per essere uno che non aveva familiarità con i baci, se la cavava decisamente bene. Mosse il ginocchio contro la sua fica, dondolando contro di lei con un ritmo pulsante e squisito. Si strusciò contro di lui mentre le riempiva la bocca di attenzioni. Con una mano le coprì il seno, impastandolo finché il suo capezzolo non poté diventare più turgido di così. Poi ruppe il bacio e spostò la bocca per reclamare la sua areola.

Il piacere era così intenso da essere quasi doloroso, e lei gridò, intrecciando entrambe le mani nei capelli alla base del suo collo. Passò all'altro seno, succhiando e accarezzando finché lei non fu tutta un fuoco. Inarcò i fianchi contro la sua coscia dura come la roccia, desiderando di più. Con una mossa così rapida da scioccarla, lui si lasciò cadere in ginocchio sul pavimento, attirando i fianchi di lei verso il suo viso. La sua lingua piatta e larga le scivolò con una carezza languida sull'apertura prima di addentrarsi nella fessura con una determinazione che le fece inarcare la schiena. Lei gridò: «Oh!»

La lingua di lui disegnò un cerchio pigro attorno al suo clitoride, scostandole le pieghe mentre le leccava la fica come un gatto che si gode la panna. Il suo orgasmo salì con una rapidità tale da farle spalancare gli occhi e, proprio mentre stava per precipitare oltre il limite, lui le immerse dentro la punta della coda. Emise un suono strozzato, i pugni che stringevano il copriletto ai lati mentre il mondo sembrava inclinarsi sul suo asse. Oh, buon Dio, la sua coda. E sapeva come usarla. Un'ondata dopo l'altra di piacere bruciante la scosse, le cosce che tremavano in modo incontrollabile mentre lui la proiettava oltre qualsiasi cosa avesse mai provato.

Mentre il suo tremore si placava, lui le premette dei baci delicati sull'interno coscia, le mani a sostenerle i fianchi. Lei emise un lungo respiro, gli occhi pesanti, mentre lui si sollevava di nuovo sul letto per sovrastarla. Le sue ali erano emerse e ora agitavano dolcemente l'aria intorno a loro. «Sei più di quanto avessi mai sperato.»

Gli sorrise languidamente e avvolse entrambe le caviglie intorno alla sua schiena, spingendolo verso di lei. Lui si sistemò finché la punta del suo cazzo non le sondò l'apertura, poi si calò lentamente dentro di lei, la sua lunghezza ardente che creava un'altra ondata di piacere. Si sdraiò sopra di lei e lei si rannicchiò nell'incavo del suo collo. La sua pelle sembrava cuoio pregiato, liscia e dura, eppure flessibile e calda, e il suo profumo la invase di impulsi che andavano oltre il semplice desiderio sessuale. Come se avesse bisogno di consumarlo in ogni parte. Giocosamente, affondò i denti nel suo muscolo duro come pietra.

Lui inspirò bruscamente, il suo cazzo che sembrava gonfiarsi dentro di lei. *Gli piace.* Conficcando le dita nella sua schiena, lo morse. Le sue ali scattarono ed esso si immobilizzò, mentre un ringhio basso gli vibrava nel petto.

Allentò la presa del morso. «Scusa.»

Lui si ritrasse, le creste del suo membro che le accarezzavano le pareti interne, e spinse di nuovo in avanti. «Ancora.»

Poi qualcuno la chiamò per nome dal corridoio.

Sette

«Angie?» La voce di Mae si fece più forte. «Dove sei?»

Sten si allontanò dalla sua *Hondassa* e si voltò verso la porta, la coda che sferzava l'aria con agitazione. Quello era il momento meno opportuno per essere interrotti, e non solo perché il suo corpo doleva dal desiderio di liberarsi nelle calde e consenzienti profondità di Angie.

Angie lo aveva appena rivendicato.

Non gli era mai passato per la testa che lei potesse avere la *dassa*. Ma il suo morso non aveva lasciato dubbi nella sua mente mentre il legame d'accoppiamento si diffondeva nel suo sistema, connettendolo a lei a livello molecolare. Il suo bisogno di rafforzare quel legame condividendo la propria *dassa* era schiacciante. Ci volle ogni briciola della sua forza di volontà per staccarsi, con i pensieri annebbiati dalla lussuria. Una parte di lui sapeva di doversi nascondere, ma un'altra parte, più primordiale, voleva ridurre quell'intrusa in polvere.

Invece, si bloccò sul posto, indurendo la pelle per imitare la pietra, mentre Mae appariva sulla soglia. «Sapevi che la tua statua è spari— Oh!»

Angie balzò giù dal letto. «Mae!» La sua voce era ansimante e sexy da morire. «Che ci fai qui?»

L'altra donna sollevò a metà un secchio per le pulizie, con gli occhi fissi su Sten. Il suo sguardo scivolò verso il basso, sulla sua evidentissima erezione. «Quello è... Quello è il tuo gargoyle?»

Angie afferrò dei vestiti dal pavimento. «Lui è... ehm...» Inciampò nella gamba dei pantaloni cercando di infilarli, rischiando di cadere di faccia. I muscoli di Sten si tesero per l'istinto di proteggerla, di prenderla se fosse caduta. Ma lei riuscì a tirarsi su i jeans fino alla vita e gli si affrettò al fianco mentre si infilava una maglietta dalla testa.

«Io...» balbettò di nuovo, poi con un sospiro

rassegnato disse: «Mae, ti presento Sten. Sten, saluta la mia migliore amica, Mae.»

Lo sguardo di Mae rimaneva fisso sul suo cazzo eretto. Non era entrato nella duramna, ma solo in uno stato protettivo che gli induriva la pelle per imitare la pietra. Ma la trasformazione aveva cristallizzato la sua erezione, e non sarebbe svanita finché non fosse tornato al suo stato completamente mobile.

Parandosi di fronte a lui, Angie gli avvolse la trapunta intorno alla vita. Lo guardò negli occhi. «Il gatto è uscito dal sacco, Sten. Adesso non puoi nasconderti. Saluta.»

La rassegnazione calò su di lui e lui guardò Mae. «La riconosco.»

«Allora sai che è mia amica.»

Mae fece un passo indietro, uscendo dalla soglia. «Dovrei... tornare più tardi.»

Sten scattò in avanti, afferrando il braccio di Mae con una mano. «Aspetti.»

Gli occhi di Mae si spalancarono e lei cacciò un urlo.

Angie posò una mano sul braccio di Sten. «Ehi, vacci piano.»

«Lei non può andarsene», disse Sten. «E se parlasse con le autorità?»

«Non dirà niente a nessuno.» Angie si rivolse di nuovo all'amica. «Vero?»

Sten attese che Mae annuisse prima di lasciarle il braccio.

Angie prese il secchio dalla mano tremante dell'amica. «E tu non puoi ancora andartene. Non finché non avremo parlato. Sono successe un sacco di cose, come puoi vedere. Andiamo tutti di sotto.» La sua mano piccola scivolò in quella di Sten, provocandogli un'ondata di possessività. Il suo bisogno di condividere con lei la *dassa* gli rendeva difficile pensare, nonostante la presenza dell'altra femmina.

Guidandolo oltre Mae, Angie si fermò per dire in tono cospiratorio: «È inoffensivo, te lo prometto. Probabilmente è solo irritabile per la glicemia bassa.»

Mae annuì, con lo sguardo ancora sgranato.

In cucina, lui si diresse verso una credenza, la fame che lo spingeva verso i deliziosi minerali dei piatti dai colori vivaci che lei gli aveva servito il giorno prima.

«Lascia stare i miei piatti.» Angie gli diede uno schiaffo sulla mano, ignorando il suo sguardo torvo. «Vai a sederti.» Indicò il tavolo nell'angolo colazione. «Tra un minuto ti do da mangiare.»

La sedia scricchiolò quando Sten si sedette, tenendo stretto il bordo della trapunta alla vita. Mae si diresse verso un'altra credenza e versò una generosa quantità di liquore ambrato in un bicchiere. Dopo averne bevuto un grosso sorso, versò un altro bicchiere e lo pose accanto ai fornelli per Angie. Lanciò un'occhiata allo Sten imbronciato. «Lui beve?»

Angie scrollò le spalle. «Onestamente non lo so. Chiediglielo.»

Sten rispose prima che Mae potesse replicare: «Ho un debole per il vino.»

Mae sollevò un sopracciglio interrogativo in direzione di Angie. «Hai del vino?»

«Spiacente, no. Dagli un po' di tequila.»

Mae gli versò un bicchiere e glielo mise davanti sul tavolo. «So che ho sempre scherzato sul fatto che fosse il tuo ragazzo, ma questo è assurdo.»

«Non sono più un ragazzo. Sono un uomo», disse Sten.

«Credo che lo abbiamo stabilito.» Mae abbassò lo sguardo sulla trapunta intorno alla sua vita.

Sebbene la nudità di solito non lo turbasse dopo tanti anni su quel pianeta, percepiva che aveva un effetto su quella terrestre, ed era grato per la copertura. «Allora cos'è un "boyfriend"?»

«Un partner romantico.» Mae inarcò un sopracciglio verso l'amica al di sopra del bicchiere. La pelle di Angie era diventata di un rosa intenso.

Sten annuì soddisfatto e prese il bicchiere che Mae gli aveva dato. «Credo che sia il termine corretto, allora.» Mandò giù la tequila. Il suo stomaco era un pozzo vuoto, e considerò di dare un morso al bicchiere.

«Niente valore nutrizionale nel vetro, Sten» gli ricordò Angie. Gli offrì una salsiccia rosa, oscenamente piccola. «Mangia questa mentre scaldo il resto.»

Mae arricciò il naso. «Gli stai dando dei würstel? Sul serio?»

Angie arrossì. «Mi sono fermata al distributore di benzina tornando a casa a piedi. Non è che tengano manzo di prima scelta.»

«Cosa sono i würstel?» chiese Sten, prendendo il salsicciotto. «Ho sempre evitato di mangiare animali domestici.»

Il viso di Mae impallidì. Angie si mise semplicemente a ridere. «E fai benissimo.»

Sten diede un morso esitante. Era morbido e molto salato, ma aveva calorie, e in quel momento gliene servivano il più possibile. Se lo ficcò tutto in bocca. Avrebbe dovuto cercare cibo prima di lasciarsi distrarre dall'odore seducente di Angie. Ora era mezzo impazzito per la fame oltre che per gli effetti della sua *dassa*. Guardando Angie tagliare altri salsicciotti e mescolarli a un piatto di fagioli al forno, disse: «Non capisco perché i Terrestri consumino quantità così elevate di sodio.»

Mae lanciò ad Angie uno sguardo severo. «Non posso credere che tu gli stia dando quella roba.» Andando al frigorifero, tirò fuori un panetto di burro e il cartone delle uova. «Queste sono state deposte fresche oggi.»

Il suo stomaco brontolò rumorosamente. «Ho gustato le uova molte volte. Le abbiamo anche sul mio pianeta. Sono una fonte nutriente di proteine e calcio.»

«Pianeta?» Mae rimase a bocca aperta.

Angie prese le uova. «Vai a sederti e cercherò di spiegare tutto»

Mentre la sua *Hondassa* parlava, Sten mangiò un altro würstel freddo. Mae ascoltava attentamente, sbigottita, mentre Angie spiegava come Sten si fosse schiantato sulla Terra e avesse protetto la famiglia per generazioni. Non menzionò, però, la sua ascendenza, cosa per cui lui le fu grato. Era meglio che la linea di sangue di Angie restasse un segreto.

Mentre finiva gli ultimi bocconi del cibo che Angie gli aveva dato, Mae finì la sua tequila e si appoggiò allo schienale della sedia, squadrando Sten con un certo apprezzamento. «Quindi, sei la sua statua aliena guardiana che ha preso vita e ora la servi in altri modi oltre che come guardia del corpo.» Si strofinò gli occhi con i pugni e scosse la testa. «Okay, immagino che questo spieghi tutto. Come lo spiegherai alla signora Hendricks quando noterà che la statua è scomparsa? O hai intenzione di tornare in forma di statua ora che Angie non è più nei guai?»

Sten fissò lo sguardo su Angie. Non si poteva tornare a come erano le cose, specialmente ora che lei lo aveva rivendicato. Ma a differenza di Graj agli inizi, lui non aveva un dispositivo di filtro percettivo per mascherarsi da umano. «Sarebbe meglio se lasciassimo questo posto. Il mio ufficiale comandante, Zaek, ha una baita in montagna. Staremo con lui finché non avremo una casa nostra...»

«Un momento. Aspetta un attimo.» Angie si mise le mani sui fianchi. «Questa è casa mia e non vado da nessuna parte.»

Mae ridacchiò. «Questa ragazza ha le radici che le escono dalla pianta dei piedi. Ha una laurea ma ora lavora come cameriera in mezzo al nulla. Non c'è modo di strapparla da questo pezzo di terra.»

Angie incrociò le braccia e guardò accigliata l'amica. «Casa mia non è un pezzo di terra.»

Mae sospirò. «Sai cosa voglio dire.»

Sten sapeva che Angie era legata a quella casa. In realtà, gli piaceva quel lato di lei e si divertiva a guardarla far crescere le cose. Ma voleva lavorare al suo fianco e costruire una casa insieme; sarebbe stato impossibile farlo se fossero rimasti tra i terrestri. «Non posso tornare a essere una statua ora che ci siamo accoppiati.»

Il viso di Angie impallidì. «Accoppiati? Chi ha detto che siamo accoppiati?»

Lui si acciglio e si toccò la spalla dove lei lo aveva rivendicato poco prima, sebbene la sua rapida guarigione avesse già coperto facilmente il segno lasciato dai suoi denti smussati. «Tu.»

Scuotendo la testa, Angie recuperò la bottiglia di tequila e se ne versò una generosa dose. «Mae ti ha chiamato il mio ragazzo, non mio marito. Sono due cose diverse, Sten.»

Mae si alzò e spinse dentro la sedia. «Prendo questa svolta nella conversazione come il mio segnale per tornare a casa.»

Sten spostò lo sguardo su Mae. «Non parlerà a nessuno di me.»

«Acqua in bocca, lo prometto.» Mae si frugò in tasca e tirò fuori le chiavi, poi si fermò per catturare la piena attenzione di Angie. «Starai bene?»

«Sì, grazie.» Angie buttò giù il contenuto del suo bicchiere in un solo sorso. «Ci vediamo domattina.»

Mae sollevò le sopracciglia e arricciò le labbra, poi annuì. Poi incrociò lo sguardo di Sten e disse: «È compito suo tenerla al sicuro. Anche da se stesso. Se lo ricordi. Se le succede qualcosa, chiamo una palla da demolizione per farle il culo a pezzi. Capito?»

Lui annuì, il che parve soddisfarla. Una volta che la porta d'ingresso si fu chiusa, Sten avvicinò la sua sedia a quella di Angie. «Dobbiamo discutere della partenza. Restare tra i Terrestri è pericoloso, specialmente ora che sei la mia *Hondassa*…»

Lei si voltò bruscamente per affrontarlo. «Hai detto che non mi avresti dato il veleno o qualunque cosa sia senza il mio consenso.»

Sentì il sangue raggelarsi mentre si rendeva conto che lei non sapeva cosa avesse fatto. «Sei stata tu a mordermi. Un modo primitivo per rivendicare il proprio compagno, ma pur sempre…»

Lei emise un respiro tremante. «Pensavo che solo i maschi avessero la *dassa*.»

«Le femmine sono capaci di scegliere i compagni tanto quanto i maschi. Il legame è più forte quando entrambi i compagni condividono la propria *dassa*. Posso darti la mia, ora, se lo desideri.»

Lei tese un palmo come per fermarlo. «Frena.»

Il suo petto si sentì vuoto quando capì cosa significava la sua reazione. «Tu non desideri legarti a me.»

«Ti ho appena conosciuto.» Si versò un altro shot, poi lasciò cadere la testa tra le mani. «Non so cosa provo.»

Lui si schiarì la gola. Il fuoco della sua *dassa* gli bruciava nel sangue, chiedendo reciprocità. Eppure lei sapeva poco di lui o della sua specie, a prescindere dal suo retaggio. Sul suo mondo, lui era un mostro. Era stato un miracolo che lei lo avesse desiderato, in primo luogo. «Se non desideri essere la mia compagna, capisco.» Eppure il suo rifiuto doleva come nient'altro che avesse mai provato prima. Tutto ciò a cui riusciva a pensare era mettere un po' di distanza tra loro. Immediatamente. «Me ne vado.»

Alzandosi, si diresse verso il salotto.

«Aspetta!» Il suo grido lo fermò. «Non puoi semplicemente andartene. Io... io...»

Si voltò e la trovò in piedi, con un'espressione sul viso che gli fece venire voglia di prenderla in braccio e riportarla di sopra per finire ciò che Mae aveva interrotto. Ma lei era più umana che Khargal, e il suo morso non aveva significato ciò che lui aveva sperato. Non aveva avuto intenzione di rivendicarlo. Il petto gli doleva, ma sapeva di doverle dare una via d'uscita. «L'accoppiamento non è permanente. Con il tempo e la distanza, la tua *dassa* si dissiperà dal mio corpo e il nostro legame svanirà.» Sebbene tecnicamente vero, i Khargal che avevano condiviso a lungo la loro *dassa* spesso non riuscivano a sopravvivere alla morte del compagno. La quantità di *dassa* che lei aveva condiviso con lui non sarebbe stata così forte, ma molto probabilmente avrebbe passato i decenni successivi in astinenza. «È meglio che ti lasci ora.»

«Dammi tempo per pensarci.» Fece un passo avanti e posò la mano sul suo petto nudo. «Per favore?»

Il calore della sua mano e la supplica nei suoi occhi disfecero la sua determinazione. Aveva intenzione di ritirarsi sulle colline che sovrastavano la sua casa e riprendere la sua veglia; il suo dovere di proteggerla si era solo rafforzato con la rivendicazione. Rimanere nelle vicinanze avrebbe messo a dura prova la sua volontà di non toccarla, ma ci avrebbe provato perché lei glielo aveva chiesto. «Tornerò nel tuo giardino finché riuscirò a farlo.»

Senza aspettare che lei parlasse di nuovo, attraversò la casa e si ritirò all'esterno, assicurandosi di chiudere bene la porta d'ingresso dietro di sé.

***

Angie rimase seduta in un silenzio attonito mentre Sten lasciava la casa. Accoppiati? Era possibile una cosa del genere per gli esseri umani? Eppure, se Sten diceva il vero — e più lo conosceva, più credeva che lo fosse — lei non era completamente umana. E non poteva negare la stretta dolorosa che lui sembrava esercitare sul suo cuore. I pochi ragazzi che aveva avuto non l'avevano mai fatta sentire così, come se possedessero un pezzo della sua anima e se lo sarebbero portato via andandosene. Si sarebbe sentita vuota se Sten non fosse stato con lei. Era un effetto del legame d'accoppiamento? Come si sarebbe sentita se Sten lo avesse rafforzato con la sua *dassa*?

Nel profondo del suo stomaco, voleva saperlo. Voleva sentirla di nuovo con quella stessa intensità.

Sally entrò dalla gattaiola sul retro della cucina, con la pelliccia grigia spolverata da una pallida patina di polline. Era comparsa in giardino un giorno, circa un anno prima, magra e spelacchiata, e Angie aveva iniziato a nutrirla per pietà. Ora la gatta si sedette accanto alla sua ciotola di croccantini vuota ed emise un miagolio lamentoso.

«Hai detto bene, sorellina.» Angie riempì la ciotola e poi si lasciò cadere sulla sedia vicina per guardare Sally mangiare. Alla gatta non piaceva ancora essere toccata, ma era una brava cacciatrice di topi e una presenza piacevole in giardino.

Anche se, a quanto pareva, aveva avuto più compagnia di quanto avesse immaginato per tutto quel tempo. Indipendentemente dal fatto che scegliesse o meno di completare l'accoppiamento, lui non poteva continuare a vivere nel suo giardino. Quella non era vita, non importava cosa dicesse sul dovere.

Le luci sopra l'angolo colazione le facevano bruciare gli occhi, e appoggiò la fronte contro il piano fresco in formica del tavolo. Aveva a malapena dormito la notte precedente, e gran parte di quella notte era già passata. Forse avrebbe dovuto dormire. Le cose sarebbero state più chiare al mattino.

Salì faticosamente le scale verso il letto, spegnendo le luci man mano. La luce della luna filtrava obliqua dalle finestre e lei guardò giù nel giardino, verso le ombre argentate intorno a Sten. Aveva sempre guardato con tanto piacere il suo giardino, ma ora, quando sbirciava fuori, tutto quello che sentiva era un desiderio profondo nelle viscere. *Non è forse questa la tua risposta?*

Premette entrambi i palmi contro il vetro, intravedendo i suoi scintillanti occhi di smeraldo che la osservavano da sotto. La sua posa era decisamente diversa ora. Tesa. Addolorata. Un riflesso delle sue stesse emozioni. Si sentiva malissimo a lasciarlo lì fuori da solo al buio. Ma era un gargoyle. Un gargoyle vivo e vegeto. Come poteva funzionare una cosa del genere? E come avrebbe spiegato al resto della città perché la sua statua era sparita?

E se lo vendessi? Non venderlo davvero, ma fingere. Sebbene avesse detto a York che il gargoyle faceva parte della proprietà storica, non era esattamente vero; l'edificio era nel registro storico, ma gli oggetti mobili sulla proprietà erano suoi e poteva farne ciò che voleva. Le sarebbe bastato un atto di vendita, prendere in prestito il pick-up di Mae per poterlo "spostare" dalla proprietà, e allora Sten sarebbe stato libero.

Con le palpebre pesanti, si rese conto di aver preso la sua decisione. Voleva completare l'accoppiamento con lui. Voleva che Sten rimanesse con lei, anche se ciò avrebbe significato rintanarsi in casa tutto il giorno e uscire solo di notte.

Con un sorriso, si allontanò dalla finestra, si spogliò fino a restare in mutandine e si infilò tra le lenzuola. Quello avrebbe risolto almeno un problema. Ora doveva solo trovare un modo per farlo passare per un umano.

La *duramna* di Sten si rifiutava di avvolgerlo completamente. Con Angie così vicina, non sopportava di rinchiudersi in quel sonno profondo. Ma questo significava che era consapevole di ogni suono e di ogni movimento all'interno della casa. Guardò il gatto rognoso sgattaiolare dietro l'angolo della casa, verso il cortile sul retro. Ascoltò i grilli cantare alla luna. Inspirò il profumo di miele e mandorla dei fiori che Angie amava coltivare sotto la finestra della sua camera da letto.

Quando era entrato nella sua stanza mentre lei si faceva la doccia, il desiderio per lei era stato insopportabile, più necessario del cibo stesso. Lei non sentiva il richiamo dell'accoppiamento come lui. Il vuoto doloroso nel petto gli faceva male quanto la *dassa* involontaria di lei che gli bruciava dentro. Alzò lo sguardo verso le stelle. Era sulla Terra da più tempo di quanto ne avesse vissuto su Duras, e quella notte si ritrovò a desiderare più che mai una nave di soccorso che lo riportasse a casa. Che lo sottraesse a quella tentazione una volta per tutte. Se fosse tornato da lei, non ci sarebbe stato modo di fermare il suo istinto di accoppiamento. L'avrebbe riempita con la sua *dassa* con la stessa certezza con cui l'avrebbe riempita del suo seme, facendola sua in ogni modo possibile, che lei lo volesse o no. Avrebbe dovuto allontanarsi da quel posto, immediatamente.

Ma per lui non c'era via di scampo. Il suo sguardo tornò alla casa che aveva sorvegliato per oltre cento anni, immaginandola nuda sulle lenzuola. Finché fosse rimasto sulla Terra, avrebbe tenuto Angie al sicuro, che lei lo volesse o no come compagno al suo fianco.

Mentre l'oscurità della notte cedeva il passo alla luce grigia del mattino, la porta d'ingresso si aprì e Angie sfrecciò fuori, ancora una volta vestita solo di mutandine e canottiera. Sten indurì la pelle per tenere a bada la propria erezione. A cosa stava pensando? Stava cercando di rendere tutto il più doloroso possibile?

Lei si diresse dritta verso di lui, i piedi nudi che schiacciavano i fiori dorati che lo circondavano e riempivano l'aria di un profumo pepato. I suoi feromoni si mescolarono con quelli dei fiori, muschiati e terrosi, e la sua ghiandola di accoppiamento si risvegliò di colpo, riempiendogli la bocca e facendogli dolere i denti.

Schiuse le labbra quel tanto che bastava per dire: «Vattene, prima che faccia qualcosa di cui potresti pentirti.»

Lei gli sorrise e gli mise entrambe le mani sulle guance, con gli occhi che scintillavano di eccitazione. «Voglio stare con te.» Le sue parole lo colpirono come una meteora. «Ho un piano, ma devo sistemare alcune cose. Ti parlerò di nuovo dopo il tramonto.»

Poi sfrecciò via, scomparendo con la stessa rapidità con cui era arrivata, e la porta d'ingresso si chiuse solidamente alle sue spalle. Poco dopo, il forte rombo del camioncino di Mae si spense al cancello dietro di lui. Angie uscì di casa, fermandosi solo il tempo di baciarlo prima di saltare sul camioncino.

La voce di Mae fluttuò dal finestrino aperto. «Mi aspettavo quasi che foste fuggiti per sposarvi stanotte.»

Mentre Angie chiudeva la portiera del camioncino, Sten la sentì dire: «Devo prendere in prestito il tuo camioncino.»

Si allontanarono, rendendo incomprensibile la risposta di Mae. Sten rimase immobile, con le labbra che formicolavano per il bacio di Angie. La Prima Direttiva proibiva di rivelarsi a specie con tecnologia inferiore, e lui era stato scoperto non solo da Angie, ma anche da Mae. Eppure, stavano accettando la sua esistenza sorprendentemente bene. I Terrestri erano davvero progrediti abbastanza da permettere agli alieni di vivere tra loro? Forse non erano ancora all'altezza della tecnologia Khargal, ma potevano essere pronti per un'interazione limitata. Una fitta di nostalgia per Graj lo attraversò. L'ufficiale scientifico sarebbe stato estasiato nel vedere i cambiamenti evolutivi nella cultura terrestre.

Il postino venne e se ne andò, e il sole superò lo zenit mentre Sten continuava la sua guardia. Si concesse piccoli aggiustamenti della testa e degli occhi, notando dettagli che non avrebbe registrato nella sua *duramna*: i globi rossi dei pomodori che pendevano dalle viti, i volti rivolti verso l'alto dei girasoli gialli, il prezioso vaso di un'erba di cui non conosceva il nome all'angolo della veranda. Le abilità orticole di Angie sarebbero state venerate su Duras, dove la vita vegetale faticava a sopravvivere anche nelle zone più temperate.

Ma non era un'opzione. Quella era casa sua. Lui la vedeva in ogni foglia e stelo, nella vernice scrostata e nel tetto riparato. Se la voleva, doveva fare di quel posto anche casa sua, anche se ciò avesse significato tagliarsi le corna e la coda per vivere tra i Terrestri. Sperava non si arrivasse a tanto; conosceva almeno due Khargal che possedevano filtri di percezione in grado di mascherarli per farli sembrare Terrestri. Li avrebbe contattati per vedere se potevano aiutarlo.

Angie tornò quel pomeriggio, con le braccia cariche di sacchetti di carta. Si chinò vicino a lui e disse: «Pollo fritto stasera», prima di entrare ancheggiando in casa.

Presto lo raggiunse l'odore appetitoso di carne e spezie in frittura. Attese con impazienza che l'oscurità nascondesse la sua assenza, poi si alzò ed entrò.

Angie era carponi in salotto, con le mani coperte da guanti di gomma rosa e i capelli raccolti nel suo solito chignon disordinato. Si voltò verso di lui al suo ingresso, poi si sedette sui talloni. «Il sangue non verrà mai via dal parquet, per non parlare del tappeto.»

Lui fece un passo avanti. «Ti aiuterò.»

Lei si sfilò i guanti e si alzò. «Abbiamo cose più importanti da fare.» Raccolse una pila di vestiti piegati alla base delle scale e gliela porse. «Non sapevo se i gargoyle indossassero vestiti, ma ho tirato fuori alcuni abiti di papà dalla soffitta, nel caso volessi indossare qualcosa.»

«Grazie.» Erano passati molti secoli dall'ultima volta che si era preoccupato di vestirsi. La sua uniforme da membro dell'equipaggio, progettata per modificarsi e adattarsi ai suoi cambiamenti fisici, si era deteriorata molto tempo prima, e aveva trovato più semplice assumere una posa modesta durante gli anni passati nella sua *duramna*. Ritrasse le ali e prese una camicia a quadri con i bottoni.

Angie ansimò. «Le tue ali! Come hai fatto?»

Lui le sorrise, voltandosi per mostrarle la fessura

lungo la scapola. Aveva dimenticato che lei non l'aveva mai visto senza le ali. «Si ritraggono.»

Lei si avvicinò e passò le dita lungo la fessura. Un brivido lo percorse al suo tocco. Scuotendo la testa, disse: «Beh, questo renderà molto più facile nasconderti.»

«È ancora impossibile per me nascondere questo volto.» Indicò il suo viso.

«Oh, non saprei. Il cappello giusto, magari un paio di occhiali da sole...» lo prese in giro lei.

«Non credo sia possibile.»

«Guastafeste.»

Sten esaminò i jeans e le camicie a quadri che era abituato a vedere addosso a William da tanti anni. L'uomo era stato imponente, ma non quanto Sten. Scegliendo un paio di jeans, scoprì che era già stato tagliato un buco per la coda. Lanciò uno sguardo interrogativo ad Angie, che si limitò a sorridere e a stringersi nelle spalle. «A mio padre non servono più. Tanto vale che tu stia comodo.»

«Grazie.» Li indossò. Le caviglie e i piedi artigliati spuntavano un po' troppo, ma almeno era vestito. Angie si leccò il labbro inferiore mentre lo guardava, e il suo membro si tese contro il denim. La sua voce si fece più roca mentre chiedeva: «Va bene così?»

«Uhm, sì.» Lo sguardo perso svanì dal suo volto, e si voltò per condurlo in cucina. L'odore di carne e patate permeava l'aria, facendogli brontolare lo stomaco per la fame. La tavola era già apparecchiata, quindi si sedette mentre lei portava diversi piatti da portata. «Volevo mostrarti che so cucinare, quando ho gli ingredienti a disposizione.»

«Ha un odore delizioso.» Prese una coscia di pollo perfettamente dorata e la morse, sgranocchiando anche l'osso.

Lei rimase a bocca aperta per la sorpresa, poi rise. «C'è qualcosa che non mangi?»

Lui guardò la carne succosa, rendendosi conto di quanto dovesse sembrarle poco umano. Non era il modo migliore per attrarre una compagna terrestre. Posò la carne. «Hai detto che volevi parlare.»

«Ho un piano per farti uscire dal giardino senza sollevare troppe domande.»

Rimase immobile. Non era esattamente quello che aveva sperato di sentire, ma era un inizio. «Continua.»

Lei sorrise. «Ti venderò.»

Si irrigidì. «York ti ha contattata di nuovo?»

«No, ma mi ha dato l'idea.» Prese una pannocchia e ci spalmò sopra del burro. «Creerò una falsa ricevuta e prenderò in prestito il camioncino di Mae per portarti via. Farò in modo di attraversare la città così che tutti ti vedano.»

Annuì. Il piano aveva senso e avrebbe funzionato sia che lei lo volesse come compagno, sia che lui si ritirasse sulle colline rocciose. «È un bene. Una volta che la città saprà che me ne sono andato, non continueranno a fare domande.»

«La signora Hendricks farà una scenata, ma almeno non chiamerà più la polizia pensando che tu sia stato rubato.» Posò la pannocchia. «Ma questa è solo metà del mio piano. Non credo che possiamo mascherarti da umano, non a un esame più attento. Ma potremmo cambiare i nostri orari per dormire di giorno e passare del tempo insieme di notte. Non è l'ideale, ma ci permetterebbe di stare insieme.»

La gola gli si strinse. Aveva bisogno di sentirselo dire. «Mi stai chiedendo di essere il tuo compagno?»

Lei arrossì. «Solo se pensi di poter vivere in quel modo.»

Non era quello il momento di parlarle del filtro di percezione. Era il momento di farla sua, ora e per sempre. Ogni cellula del suo corpo fremeva di anticipazione. «Farei qualsiasi cosa per stare con te.»

Il suo sorriso sembrò illuminare la stanza. «Allora penso che abbiamo una faccenda in sospeso.»

Riuscirono a malapena a raggiungere la camera da letto prima che lui le strappasse i vestiti di dosso. Affondando il viso tra i suoi seni, inalò il suo profumo — il profumo della sua *Hondassa* — e le avvolse le braccia intorno per stringerle le natiche. Lei gli intrecciò le dita tra i capelli e sospirò. Il suo membro era dolorosamente duro, intrappolato contro la patta dei jeans. L'istinto gli diceva di prenderla, con forza e rapidità, di reclamarla come sua adesso, prima che cambiasse idea. Ma il suo cuore voleva andarci piano. Per assaporarla. Per fare della sua rivendicazione una notte che lei avrebbe custodito per il resto dei suoi giorni.

La depose sul letto e si sfilò i pantaloni dai fianchi, lottando per un momento per liberare la coda. Se li tolse, trovando Angie che lo guardava con una fame che rivaleggiava con quella di qualsiasi Khargal. «Questo sapore che ho in bocca. Salato e dolce. È la mia *dassa*?» chiese.

Lui annuì, concedendole un momento per pensarci. Lei si passò la lingua sugli incisivi come per assaporare il gusto. Poi gli fece un cenno. «Vieni qui. Voglio assaggiare che sapore hai.»

Lui si avvicinò e lei si chinò per prendergli il membro in bocca. La sensazione squisita delle sue labbra che lo avvolgevano lo fece gemere piano. Le ali gli spuntarono dalla schiena, flettendosi per aiutarlo a mantenere l'equilibrio. Le sue mani trovarono la nuca di lei, gli artigli che si estendevano per istinto mentre la incoraggiava a prenderlo più a fondo. In qualche modo, lei si aprì a lui, prendendolo tutto per poi ritrarsi, la lingua che gli circondava il glande prima di tuffarsi di nuovo in avanti. Lui contrasse i fianchi, respirando a fatica, mentre lei portava la sua erezione a una durezza quasi dolorosa.

«*Lar*, mi stai uccidendo» gemette.

Lei emise un suono con la bocca ancora su di lui, la vibrazione era una sensazione squisita. Fece scivolare le mani sotto il mento per palmargli i testicoli, convincendoli a uscire dalla loro solita posizione nascosta e stretta contro il suo corpo. Una mano gli circondò la base del membro, stringendo a ritmo con la sua suzione. Il suo orgasmo crebbe dentro di lui mentre la sua *dassa* gli inondava la bocca. Improvvisamente, lei succhiò forte e l'orgasmo esplose da lui in un'unica ondata.

Forse aveva urlato. Non se lo ricordava. Tutto quello che conosceva era l'estasi.

Angie si allontanò con un sorriso soddisfatto, asciugandosi gli angoli della bocca mentre Sten ondeggiava sul bordo del letto, una mano sulla colonna del letto per sostenersi. Il suo respiro non riusciva a calmarsi. Lei picchiettò il materasso accanto a sé. «Sdraiati.»

Grato di obbedire, ritrasse le ali e si lasciò cadere sulla schiena accanto a lei. Lei si chinò e lo baciò — stava iniziando ad apprezzare molto questa cosa terrestre — e la sua mano trovò la morbidezza del suo seno. Il capezzolo si indurì sotto il suo palmo e il suo membro si contrasse tornando in vita. «Come riesci a farmi questo?» chiese, facendola rotolare sulla schiena in modo da poterla guardare in faccia.

«Sarà la Khargal che è in me.»

«Ti farò vedere io la parte Khargal che è in te.» Spostò un ginocchio tra le gambe di lei, aprendola per poterle accarezzare le labbra inferiori. Era gonfia e umida di desiderio e il suo dito trovò il piccolo bocciolo sensibile tra le sue pieghe. Con movimenti circolari, le solleticò l'area sensibile finché lei non si contorse. Poi le prese un capezzolo in bocca. Lei gridò e lui strofinò più velocemente il suo clitoride. Continuò mentre gli spasmi del suo orgasmo si placavano, poi portò l'altro ginocchio in linea con il primo, posizionando il suo membro alla sua apertura.

Lei si inarcò verso l'alto, accogliendo la punta del suo membro. La stuzzicò così, entrando solo parzialmente mentre le sfiorava il clitoride. La sua apertura si strinse e il suo respiro si fece di piccoli ansimi lamentosi. «Ti prego.»

«Vorrei condividere la mia *dassa*.» Sapeva che non era giusto chiederlo ora, mentre era sull'orlo dell'orgasmo, ma non pensava di poter resistere dal reclamarla mentre le dava ciò che voleva.

«Sì, ti prego. Fallo e basta.»

Con una spinta decisa, entrò in lei. Il suo calore lo rivestì e lei urlò di piacere, inarcandosi per incontrarlo. La sua *dassa* gli riempì la bocca, rivestendogli i denti. Ebbe a malapena il tempo di ricordare che la pelle di un'umana era più fragile della sua mentre le mordeva la spalla.

L'azione sembrò stimolare il suo orgasmo: le sue pareti interne si stringevano ritmicamente attorno a lui, spingendolo al proprio. Esausto e senza fiato, crollò, rotolando per sdraiarsi accanto a lei, la mente un vuoto totale tranne che per una cosa. Voltò lo sguardo verso il viso arrossato e raggiante di Angie. «*Hondassa.*»

Nove

Dal suo posto sul portico, Angie sforzò lo sguardo attraverso il giardino buio, verso il punto in cui Sten stava sollevando una roccia che nessun uomo avrebbe dovuto avere la forza di spostare da solo, almeno non senza procurarsi un'ernia. Nuvole temporalesche si erano accumulate quel pomeriggio e, sebbene non fosse caduta pioggia, l'aria odorava di ozono e una brezza tesa soffiava sul giardino. Si sorprese del fatto che Sten riuscisse a vedere senza una torcia. «Fai attenzione, ci sono dei narcisi piantati lì intorno. Sei sicuro di non aver bisogno di una torcia?»

«Sarò cauto.» Raschió qualcosa nella terra. «Ah, eccola.» Si guardò intorno nel quartiere buio e si diresse verso la casa portando una scatola incrostata di terra tra le mani. Aveva nascosto il suo sigillo chissà quante ere prima e si aspettava che, in qualche modo, funzionasse ancora.

Lei arricciò il naso, squadrando la scatola mentre lui saliva i gradini del portico. «Seppellirla forse non è stata la migliore delle idee.»

«I nostri sigilli sono progettati per resistere al tempo e agli elementi.» Le passò accanto, entrando in casa.

Lei lo seguì e chiuse la porta, mettendo la sicura. Da quando c'era stata l'effrazione, non riusciva a scrollarsi di dosso la sensazione inquietante di essere osservata. «Avete tutta questa tecnologia avanzata, allora perché non siete arrivati con un sistema di mimetizzazione quando siete atterrati qui?»

Lui aggrottò le sopracciglia. «Non siamo atterrati, ci siamo schiantati. E i filtri di percezione erano riservati al personale che aveva bisogno di infiltrarsi in altre culture.»

«E pensi che uno degli altri Khargal te ne darà uno?»

Sten si diresse verso la cucina. «Non chiederei una cosa del genere. Ma Felinray ha creato una versione modificata usando componenti terrestri. La mia speranza è che possa duplicarne un'altra per me.»

«Hai detto che nonno Graj ne aveva uno.» Aveva preso l'abitudine di chiamare così il suo antenato mentre parlavano della sua storia e degli altri Khargal. Il modo in cui le usciva di bocca la faceva sorridere, anche se Sten non era altrettanto impressionato. «Che fine ha fatto?»

«Distrutto nell'incendio insieme al suo corpo.» Posò il piccolo forziere sul bancone della cucina, con il viso cupo. «Un'opzione preferibile al permettere ai Terrestri di possedere una tecnologia che non si sono guadagnati il diritto di usare.»

Lei inarcò le sopracciglia. «Hai nascosto il tuo sigillo sotto una roccia. Non credo che sia un modo molto sicuro per tenerlo lontano dalle mani umane.»

Lui sorrise. «È più sicuro che portarlo al collo.»

Lei si toccò il ciondolo di sua madre che portava alla gola. «Allora, perché non hai preso anche questo per nasconderlo?»

«I sigilli sono collegati. Posso usarne uno per rintracciare la posizione di un altro, cosa che è stata utile nel corso delle generazioni, quando la tua famiglia si trasferiva e io dovevo seguirla.»

Ciò le ricordò quanto ancora doveva imparare da e su di lui. Lui ruppe il sigillo della scatola con un artiglio, spargendo terra sul bancone, ed estrasse un sigillo color rubino che corrispondeva a quello che lei portava al collo. Il suo sguardo fu attirato dal luccichio dell'oro sul fondo della scatola.

Trattenne il fiato. «È oro vero?»

Lui scosse la scatola, e lei si rese conto che conteneva più di una manciata di monete. «Quando il tuo bisnonno cominciò a lavorare in miniera qui, un altro umano tentò di ucciderlo. Fui costretto· a sterminare quell'uomo.» Prese una moneta e gliela porse. «Queste erano sul suo corpo.»

La moneta da venti dollari portava la data del 1895. Doveva valere molto più di venti dollari adesso. «È rimasto nascosto sotto quella roccia fin da quando è stata costruita la casa?»

«Sì. Non sono commestibili. Puoi tenerle, se vuoi.»

«Davvero?» Sorrise. «Se riesco a far riparare la finestra rotta, forse la signora Hendricks mi perdonerà per aver venduto la statua.»

Sten premette una faccetta sulla superficie color rubino del sigillo, e un ologramma apparve sopra di essa, inondando la cucina di luce rossa. Scarabocchi alieni scorrevano sulla superficie. «Una volta localizzati i loro segnali, chiamerò Felinray e Alkor.»

Lei si appoggiò alla sua spalla mentre lui sfogliava diverse schermate. Le mostrò alcuni simboli chiave, spiegandole cosa significassero. «Un tempo questi sigilli ci permettevano di accedere alle banche dati della nave. Ora sono poco più che dispositivi di comunicazione. Ma se mai arrivasse una nave di soccorso, i nostri sigilli sono l'unico mezzo che avrebbero per contattarci.» Sten toccò alcuni emblemi e apparve un'altra schermata con diversi punti su quella che sembrava una mappa. Passò qualche minuto a interagire con lo schermo, poi parlò nel sigillo in una lingua gutturale ma sibilante. Quando posò il sigillo, il suo viso era solenne. «Il mio segnale non ha la stessa urgenza di uno proveniente da una nave. Se sono in *duramna*, non risponderanno subito. Forse per decenni.»

Angie sentì le spalle afflosciarsi. «Decenni?»

«Non è poi così tanto tempo.» Le accarezzò i capelli. «Ricorda, come mia *Hondassa*, è probabile che tu viva più a lungo di un normale essere umano.»

Lei sospirò, prendendo la gemma rossa. Anche con una vita più lunga, decenni sembravano un'eternità. «Dovremmo farne una collana come la mia? Così puoi tenerlo vicino?»

Lui le sorrise e scosse la testa. «Per quanto mi piaccia tenerlo vicino, non sarebbe saggio da parte mia indossarlo in pubblico. Devo nasconderlo di nuovo.»

«Ma se qualcuno richiamasse?»

Si toccò la tempia. «Riceverò un avviso.»

«Uh. C'è posta per te, versione aliena. Ok. Dobbiamo nascondere sia questo sia l'oro, almeno finché non potrò far valutare e vendere le monete.» Gli sorrise. «Il mio letto a baldacchino ha un montante cavo dove nascondevo la mia paghetta.»

Lo condusse di sopra e svitò la metà superiore del montante del letto. Lasciò cadere le monete all'interno, e lui ci mise sopra il sigillo. Mentre lei riallineava il montante in posizione, lui disse: «Questo è un posto eccellente.»

Quante volte ci aveva nascosto delle cose da bambina? «Ho scoperto questo nascondiglio quando stavo saltando sul letto e ho pensato di averlo rotto.

Ero sicura che mi sarei messa in un sacco di guai. Ma poi ho trovato un dollaro arrotolato dentro e l'ho chiesto a mio padre. Rise così tanto. L'aveva trovato nello stesso modo da bambino.»

Sten annuì. «Capisco perché ami i tuoi oggetti. Ogni cosa ha una storia per te.»

Lei sorrise, felice che lui capisse. A volte Mae la rimproverava per non buttare via le cose. Uno sbadiglio la prese e guardò la sveglia sul comodino. «Domani sarò di nuovo un disastro al lavoro.»

«Tornerò in giardino e ti lascerò dormire.»

Lei gli mise una mano sull'avambraccio, detestando lasciarlo andare. «Non vedo l'ora che tu possa dormire qui con me senza che nessuno si chieda dove sei finito.»

L'aria parve riscaldarsi e lui fece un passo avanti per unire i loro corpi. La guardò in viso, con gli occhi smeraldo che luccicavano. «Non sono abituato alle interazioni sociali. Gli umani si salutano con un bacio, vero?»

Lei deglutì, ogni traccia di sonnolenza svanita. «Si salutano anche così quando si incontrano.»

Le fece un sorriso malizioso e la tirò sul letto con sé.

Winston York Terzo sarebbe stato un eroe. La statua era decisamente un gargoyle, basandosi sulla statua ormai scomparsa e sulla sagoma alata di un uomo che aveva visto entrare in casa poco prima. Ora sembrava che la proprietaria della casa avesse una relazione sessuale con la creatura — almeno, questa sarebbe stata la sua ipotesi, basata sui rumori provenienti dall'interno. Il Sindacato aveva sempre sospettato che alcuni gargoyle mantenessero servitori umani per aiutarli a nascondersi in piena vista, ma la scoperta di una coppia riproduttiva avrebbe suggellato la sua carriera.

Sbirciò da dietro il muro di mattoni diroccato dietro cui si era nascosto. Il suo supervisore gli aveva detto di mantenere le distanze e, sebbene non fosse il miglior nascondiglio, era fuori dalla linea di vista del gargoyle. Era certo che la donna non fosse consapevole del suo scrutinio; era troppo presa dal suo perverso interesse amoroso per notarlo.

Guardò verso le nuvole dense, chiedendosi quando sarebbe iniziata la pioggia. Perché il Quartier Generale ci metteva così tanto a mandare rinforzi? Compose il numero sul cellulare, sollevato dal fatto che la sua posizione avesse copertura, e riferì ciò a cui aveva appena assistito.

Il suo supervisore emise un lungo sospiro. «Le era stato detto di non avvicinarsi al soggetto.»

«Non li ho allertati della mia presenza», disse. *Non dal primo giorno in cui ho scoperto il gargoyle.* Ma il Quartier Generale già lo sapeva. York sollevò di nuovo il binocolo, cercando di vedere attraverso la finestra frontale della casa. «Sto semplicemente tenendo d'occhio le cose per essere sicuro di non perdere questa opportunità. Ho bisogno di una squadra che mi copra le spalle.»

«Mantenga le distanze. Un agente sarà lì domattina e lei potrà tornare alla sua vacanza.»

«Questo è il mio caso», disse York. Non avrebbe mai ceduto un'opportunità così succosa a qualcun altro.

«Lei è un analista, York. Non è addestrato per il campo.»

«Forse no. Ma ne so più di chiunque altro su questa faccenda.» Aveva fatto le sue ricerche, adulando quella vecchia signora dai capelli rossi e passando ore della sua vacanza a esaminare i registri minerari storici. Il gargoyle era arrivato con la famiglia Martin alla fine del diciannovesimo secolo. Avrebbe dovuto tornare a est per seguire la pista. «Ci sono cose che nemmeno lei può trovare su Internet.»

Una breve pausa, poi un sospiro. «Può restare e lavorare con l'agente. Ma stia in disparte e lo lasci fare il suo lavoro. Intesi?»

«Intesi.» Sorrise nell'oscurità. Finché il merito fosse stato suo, era felice di lasciare che un agente sul campo si occupasse delle armi. Ma il gargoyle era suo.

———

La mattina dopo, Mae aiutò Angie a fingere di caricare Sten nel cassone del pick-up e insieme attraversarono la città, attirando un sacco di sguardi. All'unico semaforo, Angie avvistò la signora Hendricks a un isolato di distanza. La direttrice della Società Storica sarebbe stata la più contrariata dalla vendita della statua, quindi Angie voleva assicurarsi che non ci fossero dubbi su ciò che gli era successo. «Gira qui. Voglio assicurarmi che la signora Hendricks lo veda.»

Mae annuì e fece una lenta svolta, accostando

accanto alla matronale donna. Angie abbassò il finestrino. «Ehi, signora Hendricks!»

«Che diavolo sta facendo con quella statua?» La signora Hendricks rimase a bocca aperta, guardando il cassone del pick-up dove Sten era avvolto in una rete di cinghie.

«Qualcuno si è offerto di comprarlo. Ora ho abbastanza soldi per riparare la finestra.»

«Ma quella statua è qui da quando esiste la casa!» La matrona si portò una mano alla gola. «Non può venderla.»

Angie finse preoccupazione. «Pensavo che sarebbe stata contenta che la casa venisse riparata. Il gargoyle non c'entrava poi molto.»

«Cara, i turisti amano vedere il suo giardino tanto quanto la sua casa. Quel gargoyle, come lo chiama lei, è un'attrazione importante.»

«Ormai è troppo tardi.» Angie scrollò le spalle e fece una faccia dispiaciuta. «Hanno già pagato.»

La signora Hendricks strinse le labbra e scosse la testa. «È stato Winston York? È venuto al museo a fare un sacco di domande sulla statua. Posso parlargli per convincerlo a restituirla. Sembra un uomo ragionevole.»

«No, era un altro acquirente con cui parlavo prima di lui.» Angie sorrise, ma il sorriso sembrava di plastica. «È meglio che andiamo prima che si faccia troppo tardi. Abbiamo un lungo viaggio davanti a noi.»

«Dove lo sta portando?» La voce della signora Hendricks divenne smorzata mentre Angie tirava su il finestrino.

«Guida», mormorò lei attraverso un sorriso tirato, e Mae inserì la marcia.

Mentre uscivano dalla città, Angie emise un lungo sospiro e pregò che la signora Hendricks lasciasse perdere la questione invece di cercare di rintracciare l'acquirente inesistente. Guidarono fino a Bozeman, fermandosi presso un paio di compagnie di autotrasporti per ottenere preventivi per la spedizione della statua, giusto per lasciare una traccia nel caso in cui la signora Hendricks continuasse a indagare. Poi si diressero a sud, fuori città. Su una strada secondaria deserta, si fermarono per lasciare Sten. Il piano era che lui tornasse a casa volando, con il favore delle tenebre.

Angie e Mae allentarono le cinghie e, non appena l'ultima fu libera, Sten si liberò dalla sua posa, scrollandosi di dosso e saltando giù dal cassone del camion, stringendosi intorno alla vita la coperta che avevano usato come imbottitura. «È stato un mezzo di trasporto decisamente scomodo.» Raccolse un po' di terra secca dal ciglio della strada e se la strofinò sul viso. «Gli insetti di qui non lasciano un residuo piacevole quando vengono schiacciati addosso.»

Angie rabbrividì. Non aveva nemmeno pensato agli insetti quando aveva aiutato a legare Sten. «Scusa! Avrei dovuto girarti dall'altra parte, così almeno non saresti stato con la faccia in avanti.» Afferrò il rotolo di carta assorbente che Mae teneva nel camion e, con la sua borraccia, ne inumidì diversi fogli prima di avvicinarsi per aiutarlo a pulirsi. «Non ci ho proprio pensato.»

Mae si appoggiò al camion, con le braccia incrociate, e scosse la testa. «Ancora non riesco a credere che tu non sia veramente una statua. Per quanto tempo puoi rimanere immobile così?»

«Nel mio *duramna*?» chiese Sten, appoggiandosi al tocco di Angie mentre lei strofinava un punto sulla sua tempia. «Secoli.»

Mae emise un suono soffocato. «Quanti anni hai?»

«Ho perso il conto dopo i mille.»

«*Anni?*» Mae sembrava sul punto di svenire. «Porca puttana.»

Angie piegò il tovagliolo di carta e gli pulì con cura l'orecchio. Non aveva mai considerato che lui fosse esponenzialmente più vecchio di lei. Cosa sarebbe successo quando lei fosse invecchiata e poi morta?

Le ali di Sten la avvolsero, creando un bozzolo di privacy mentre lui abbassava la testa per baciarla. Tenendo ancora il tovagliolo di carta umido contro il suo petto, lei si rilassò nel suo abbraccio. Lui la amava ora, e questo era tutto quello che contava. Come il suo abbraccio potesse sembrarle casa, non ne aveva idea, ma le dava la stessa soddisfazione che provava nel suo giardino. «Ti ho portato un paio di pantaloni, se li vuoi.»

La menzione dei pantaloni sembrò aumentare la consapevolezza tra loro, e lui si indurì contro il suo fianco. «Non potrò indossarli senza compromettere il mio travestimento. Ma li prenderò per dopo.»

La voce di Mae superò l'effetto ovattato delle sue ali. «Se sei di pietra, come funzionano quelle ali?»

Con un fruscio d'aria, lui le spalancò, ma tenne un braccio intorno ad Angie, tenendola di fronte a sé. Le sorrise, poi, senza preavviso, balzò verso l'alto. Angie trattenne il respiro, le dita che si aggrappavano al suo petto duro per trovare un appiglio mentre i suoi piedi lasciavano il suolo.

«Gesù!» gridò Mae.

La portò su e dall'altra parte del veicolo con facilità. Mentre la rimetteva in piedi, Angie gettò la testa all'indietro e rise. Gli aveva creduto solo a metà quando aveva detto che sapeva volare. Ora voleva librarsi tra le nuvole tra le sue braccia possenti.

Lui la guardò in viso. «Mi è mancato volare.»

«Capisco perché!»

Mae si aggrappò al bordo del cassone, fissandolo a bocca aperta. «Ok, hai dimostrato quello che dovevi. Immagino che te la caverai bene a tornare a casa di Angie da solo. Basta che resti sopra il radar. O sotto. O quel che è. Non farti abbattere.»

«Apprezzo la tua preoccupazione. Eviterò le aree popolate» la rassicurò Sten.

Angie avvolse entrambe le braccia intorno alla sua vita. «Voglio volare con te.»

«Neanche per sogno», disse Mae. «Sai che la signora Hendricks busserà alla tua porta non appena il mio camion tornerà in città.»

Angie fece una smorfia. Mae aveva ragione. E non sarebbe stato giusto lasciare la sua amica a rispondere alle domande. «Va bene.» Gli strinse la vita più forte. «Ma promettimi che voleremo insieme presto.»

«Mi farebbe piacere.»

«Bene, piccioncini. Ho altre cose da fare oggi, quindi dobbiamo rimetterci in strada.»

Un senso di vuoto si insinuò nello stomaco di Angie. Non era pronta a separarsi da Sten. «Starai bene?»

«Non preoccuparti per me. L'ho fatto molte volte prima.»

Con un bacio persistente, si allontanò e recuperò i suoi pantaloni prima di salire sul camion. Sten si allontanò dalla strada, la sua pelle che cambiava colore mentre si accovacciava e creava un guscio con le sue ali. A un'occhiata superficiale, sembrava un masso qualunque.

«Pensi che starà bene lì fino al calar della notte?» chiese Angie.

Mae guardò fuori dal finestrino. «A sentir lui, starebbe bene lì per cento anni.» Accese il camion e partì. «Forse non riuscirà a passare per un umano, ma è sicuramente un'ottima aggiunta al giardino roccioso.»

Angie guardò fuori dal finestrino posteriore finché non riuscì più a distinguerlo dalle pietre circostanti.

Dieci

Angie si diede da fare per la casa: pulì e annaffiò il giardino, aspettando il ritorno di Sten. Non avrebbe potuto librarsi in volo prima del buio e lei non vedeva l'ora di riaverlo con sé. *Per sempre*. Chi avrebbe mai immaginato che la sua anima gemella si trovasse letteralmente nel suo giardino? Verso il tramonto salì di sopra, si fece un lungo bagno, si depilò e indossò la sua lingerie più sexy. Non aveva idea se Sten l'avrebbe apprezzata o meno, ma a lei la faceva sentire a proprio agio.

In piedi alla finestra, guardò giù verso il suo giardino, provando nostalgia per il suo gargoyle scomparso, ma iniziando già a considerare cosa avrebbe potuto piantarci adesso. Aveva sempre desiderato coltivare alberi da frutto, e alcune delle nuove cultivar nane sarebbero state benissimo al posto della statua. Sapendo che avrebbe potuto dover aspettare ancora qualche ora, si sdraiò sul letto per leggere una delle sue riviste di giardinaggio.

Verso le nove di sera suonò il campanello. Si accigliò e guardò verso la finestra. Le luci lampeggianti della polizia scintillarono attraverso i vetri piombati delle finestre. *Oh, merda.* Scattò in piedi. Cosa poteva mai aver trascinato fuori lo sceriffo a quest'ora della notte?

Afferrando la vestaglia, se la gettò sulla lingerie e scese di sotto. Sulla soglia, lo sceriffo Rollands stava fuori, con in mano un pezzo di carta. Il suo sguardo passò sulla vestaglia di Angie. «Buonasera, Angie.»

«È un po' tardi per i convenevoli, sceriffo.» Lanciò un'occhiata all'agente in uniforme e a uno sconosciuto in abito scuro in piedi dietro lo sceriffo. «Come posso aiutarvi?»

«Temo di doverla portare con noi per un interrogatorio.» Le porse il documento. «Questo è un mandato di perquisizione. Quel sangue sul tuo pavimento è stato collegato a un uomo morto.»

Angie sentì il sangue defluire dal viso. *Un uomo morto?* Ma Sten non era nemmeno umano. «Impossibile.»

«Vieni con noi e cercheremo di chiarire questa faccenda.»

Fece un passo indietro, con il cuore che le martellava nel petto. «No, io... non posso.»

Lo sceriffo Rollands porse il foglio all'agente dietro di lui prima di afferrare le manette alla cintura. «Coopera e basta. Questa situazione non piace a me più di quanto piaccia a te.»

«Sono in arresto?»

«Le manette sono solo la prassi. Te le toglieremo alla stazione.»

Qualcosa in quella situazione le sembrava davvero sbagliato, ma conosceva lo sceriffo; se la sarebbe cavata con il minor sforzo possibile. Indicò il suo corto accappatoio di spugna addosso. «Posso almeno vestirmi?»

L'uomo in abito parlò. «Temo di no. Il mandato di perquisizione stabilisce che non deve rimuovere nulla dai locali.»

«Sono in questo stramaledetto accappatoio!»

«Mi dispiace, Angie.» La bocca dello sceriffo era una linea sottile. «Hanno un mandato.»

«Chi sono "loro"?» Lanciò un'occhiataccia all'uomo in abito.

«FBI.» L'uomo mostrò rapidamente una credenziale che lei ebbe a malapena il tempo di guardare prima che lo sceriffo le ammanettasse le mani dietro la schiena.

Doveva essere un malinteso. Il sangue di Sten non era umano, quindi si sarebbe attenuta alla storia dell'orso e tutto si sarebbe risolto. Permise allo sceriffo di guidarla giù per i gradini del portico, oltre il tipo dell'FBI, che la osservava con occhi calcolatori e le fece venire voglia di divincolarsi. E se fossero stati lì perché avevano scoperto che il sangue era alieno? Le si rivoltò lo stomaco.

Accanto al Bronco dello sceriffo, esitò, con gli occhi rivolti al cielo notturno. Dov'era Sten? Cosa avrebbe fatto se fosse tornato e l'avesse trovata scomparsa?

O peggio, con degli estranei in casa sua? Lo sceriffo la spinse a chinare la testa e a salire.

Sapendo che resistere avrebbe solo causato altri guai, cercò di incrociare il suo sguardo. Forse si poteva ragionare con lui. Era stato molto facile convincerlo della storia dell'orso. Ma lui le chiuse la portiera con decisione alle spalle, evitando il suo sguardo, e salì al posto di guida. Angie si concentrò sulla respirazione e guardò le luci della casa accendersi una dopo l'altra. Degli estranei stavano frugando tra tutte le sue cose preziose.

Si sporse in avanti mentre Rollands avviava il motore. «Non ho il diritto di essere presente durante la perquisizione della mia casa? Ho delle cose delicate là dentro.»

«Il mandato dà loro il diritto di perquisire senza la tua interferenza. Non rovineranno le tue cose.» Lui si allontanò, scendendo la collina verso l'autostrada.

«E i miei diritti?» Nessuno sapeva nemmeno dove stesse andando. «Posso fare una telefonata?»

«Questo è un caso federale, ora. Dovrai aspettare finché non arriveremo alla stazione.»

Mentre si allontanavano a tutta velocità da New Turnbull verso l'ufficio dello sceriffo della contea, il suo battito cardiaco sembrava voler gareggiare con il Bronco.

Sten batté le ali, sfrecciando a tutta velocità nella notte. I muscoli gli bruciavano, disabituati al volo dopo tanti anni, ma era bello sentire di nuovo il vento sul viso e l'aria sotto le ali. Evitando le luci sopra le piccole sacche di civiltà, raggiunse la città quasi tutti abbandonata di Old Turnbull, sorvolando gli edifici bruciati e gli scheletri di mattoni che segnavano luoghi un tempo brulicanti di minatori e delle loro famiglie. Non vedeva la comunità dall'alto da prima che l'incendio, nella prima metà del secolo scorso, distruggesse la maggior parte degli edifici. Quella di Angie era l'unica casa ancora occupata nella città vecchia, e il caldo bagliore delle luci dietro le finestre con vetri piombati del primo piano lo chiamava come un fuoco di segnalazione che chiama i naufraghi sulla spiaggia.

Due auto sconosciute erano parcheggiate nella strada vicino alla casa, e lui rallentò. Una aveva le luci delle forze dell'ordine sul tettuccio, ma erano spente. L'altra era un anonimo furgone scuro.

Con il polso martellante, combatté l'istinto di piegare le ali e tuffarsi verso la casa. L'intruso era tornato mentre era via? Non poteva avvicinarsi senza essere visto. Avrebbe dovuto sapere che l'effrazione non era stata casuale. Aveva abbassato la guardia, e ora Angie poteva essere in seri guai.

Girò in cerchio per più di un'ora, ma chiunque fosse all'interno non mostrava alcun segno di volersene andare. Poi un segnale alla tempia lo avvertì che il suo sigillo stava ricevendo un messaggio. *Lar, adesso?* C'entrava qualcosa con quelle persone a casa di Angie? Quanti erano? Il fianco nudo e roccioso della montagna non offriva altra copertura se non quella che Angie coltivava nel suo giardino, perciò non poteva atterrare abbastanza vicino da vedere all'interno. Scivolò di quota, ascoltando attentamente per cogliere qualsiasi indizio su ciò che stava succedendo, e continuò a girare in cerchio. *Cosa stava succedendo?*

Alla fine, uscirono due uomini. Uno di loro, in uniforme da agente, disse: «Ci vediamo alla stazione, allora.» Salì sul suo veicolo e si allontanò.

L'altro uomo rivolse il viso pallido verso il cielo, e Sten virò verso il fianco della montagna, cercando di nascondere il suo profilo contro la massa solida della terra piuttosto che contro le stelle. Dopo una breve scansione, l'uomo tirò fuori una torcia e diresse il raggio attraverso i fiori dove Sten era rimasto per tanti decenni. Sten osò a malapena battere le ali. Squillò un cellulare, e la voce dell'uomo fluttuò nel buio silenzioso mentre si spostava verso il furgone. «Nessuna traccia di lui.» L'uomo continuò a parlare mentre saliva sul furgone e si allontanava.

Erano andati via tutti quanti? Angie era ancora dentro? Sten si tuffò verso la casa, atterrando leggermente vicino alla porta sul retro della cucina. «Angie!» Passando davanti agli armadietti aperti della cucina, si precipitò attraverso la sala da pranzo vuota fino al salotto. L'aria era piena dell'odore residuo di estranei, il pavimento che Angie aveva spazzato era di nuovo disseminato di statuette rotte e carte. «Angie?»

Raggiunse la cima delle scale con tre enormi passi e si affrettò verso la sua camera da letto. Tutto era immobile e silenzioso. Le coperte del letto erano state gettate da parte e i cassetti erano aperti. Persino i quadri che avevano decorato le sue pareti pendevano storti. L'odore degli altri Terrestri era ovunque. *Lar, l'avevano portata via.*

Il suo sigillo lo avvisò di nuovo. Avrebbe voluto urlargli di lasciarlo in pace. Trovare Angie era la sua principale preoccupazione. Girò il montante, aprì lo scomparto e recuperò il sigillo, ficcandoselo in tasca. Se si fosse sbrigato, avrebbe potuto raggiungere uno dei veicoli.

Tornò al piano di sotto in pochi istanti, poi si librò in aria, perlustrando le strade alla ricerca del veicolo dell'agente o del furgone. Erano spariti da un pezzo. Digrignò i denti, frustrato per non aver scelto di inseguire i veicoli. Di certo non avrebbero lasciato Angie indietro.

Doveva rintracciare quegli uomini, subito. L'agente che lasciava la casa aveva menzionato la stazione di polizia, ma Sten non aveva idea di dove si trovasse. Inoltre, non poteva certo marciare lì dentro e riprendersi Angie. Aveva bisogno di aiuto.

Tornando verso New Turnbull, Sten perlustrò le strade alla ricerca del familiare camioncino di Mae, localizzandolo infine nel vialetto di una delle case. Lei avrebbe saputo cosa fare. Si calò accanto al suo veicolo e si acquattò nell'ombra, tendendo l'orecchio nel caso qualcuno l'avesse avvistato. La vicinanza di così tanti Terrestri gli faceva prudere la pelle di pietra, ma nessuno sembrava averlo notato. Strisciò sul portico coperto di Mae e provò la porta. Chiusa. Lanciando un'occhiata alle sue spalle per cercare curiosi, suonò il campanello, poi lo suonò di nuovo per maggior sicurezza.

Dentro, sentì del movimento. La luce del portico si accese e lui balzò all'indietro, appiattendosi contro il rivestimento dietro l'angolo. La porta si aprì. Mae chiese: «Chi è?»

«Spegni la luce», disse lui a bassa voce.

«Sten?»

«Per favore.»

La luce si spense e lui si staccò dalla casa, superando una Mae a bocca aperta. Lei chiuse la porta. «È tutto a posto?»

«Sai come trovare l'ufficio del tuo sceriffo?»

La bocca di Mae si spalancò e annuì lentamente. «Cos'è successo?»

«Quando sono tornato a casa di Angie, c'era la polizia e lei non c'era più.»

«Cazzo. Lasciami prendere il telefono.» Mae corse su per le scale e tornò un momento dopo, già parlando nel dispositivo. «Ma la polizia era a casa sua fino a poco fa e adesso lei non c'è.» Mae guardò Sten e fece spallucce. «Okay, grazie.» Abbassò il telefono. «Dicono che è stata rilasciata. Probabilmente lo sceriffo la sta riportando a casa ora.»

Si passò gli artigli tra i capelli. Angie era in pericolo. Lo sentiva fin nelle viscere. «Sono preoccupato per la sua incolumità.»

«La chiamo io.» Mae compose il numero, ascoltando finché non scattò la segreteria telefonica di Angie. Scuotendo la testa, disse: «Non tiene mai il telefono con sé, ma sono sicura che sta bene. Il mio consiglio è di tornare semplicemente a casa e aspettare.»

Sten era bravo ad aspettare — l'aveva fatto per secoli — ma questa era una situazione completamente diversa. Il suo sigillo lo avvisò di nuovo. Si strinse la mano sulla tasca, improvvisamente di nuovo frustrato con se stesso. Poteva usare il suo sigillo per rintracciarla. Avrebbe dovuto pensarci prima invece di lasciare che il panico lo guidasse. Aprì la porta e uscì sul portico. «La troverò.»

Mae disse: «Fammi sapere quando torna a casa, per favore? Continuerò a provare a chiamare.»

Estraendo il sigillo dalla tasca, si lanciò in aria. Una volta sopra le luci della città, attivò l'interfaccia di tracciamento. Un messaggio urgente si sovrappose alla mappa, ma non proveniva da Felinray o Alkor come si aspettava. Era un messaggio dall'unico posto da cui non avrebbe mai pensato di ricevere più notizie.

Casa.

Undici

All'ufficio dello sceriffo della contea, Angie scese dal Bronco solo per essere scortata nel retro di un furgone. «Cosa sta succedendo?» chiese all'uomo che le teneva il braccio.

Indossava un abito molto simile a quello dell'altro agente dell'FBI e ignorò la domanda con un'espressione dura e impassibile come la pietra.

Cercando di fare resistenza mentre l'agente la trascinava con sé, si guardò alle spalle. «Sceriffo Rollands?»

Rollands si spinse indietro il cappello sulla testa. «Allora, avevo capito che volevate interrogarla qui.»

La sua voce giunse attutita quando le portiere del furgone si chiusero e il veicolo partì con uno scossone. L'uomo che l'aveva trascinata dentro si sistemò sulla panca accanto a lei. Un altro sedeva sulla panca di fronte, con il calcio di una pistola bene in vista al fianco. Un sudore freddo le bagnò tutto il corpo. Si sentiva come in un thriller di spionaggio, di quelli in cui le ragazze come lei non ne uscivano vive. «Non mi sono stati letti i miei diritti, sapete.» Guardò entrambi gli uomini. «Tutto questo è illegale.»

I due si limitarono a fissarla come se non stesse parlando la loro lingua. L'avvertimento di Sten sugli uomini che davano la caccia alla sua specie era appena diventato una realtà cruda. Non c'era da stupirsi che fosse così preoccupato che Mae potesse dirlo alle autorità. Come sarebbe fuggita? Sten non aveva idea di dove fosse. Il retro non aveva finestrini, quindi non poteva vedere in che direzione stessero andando. E quegli uomini sembravano preferire spararle piuttosto che dirle qualcosa.

Dopo un lungo e scomodo viaggio, con le mani ancora ammanettate dietro la schiena e la vestaglia aperta, il furgone si fermò. Il portellone posteriore si aprì, rivelando il vasto interno di una specie di magazzino. L'uomo accanto a lei le afferrò di nuovo il braccio, spingendola fuori dal furgone. Barcollò in avanti, sorretta a malapena dalla sua presa, e camminò tra le imponenti file di bancali fino a una sorta di spiazzo dove una sedia era stata incatenata a una colonna portante.

«Si sieda», disse per la prima volta l'uomo che la teneva per il braccio. La spinse quasi sulla sedia e le riagganciò le manette a una sbarra sullo schienale.

Poi rimase sola, circondata da bancali di chissà cosa. «Pronto? Dove sono?» Le pulsazioni le rimbombavano nelle orecchie. «Qualcuno mi dica che diavolo sta succedendo!»

Dopo quello che le parve un tempo lunghissimo, una figura familiare sbucò da due file di bancali. Winston York III. Indossava lo stesso abito di quando l'aveva visto la prima volta, ma il suo sguardo su di lei era molto meno sprezzante di quanto non fosse stato nel suo giardino. «Angie Martin. Grazie per essere venuta a parlare con noi.»

Angie si dimenò contro le mani ammanettate. «Non sono venuta a parlare con lei. Dovrei parlare con l'FBI o con qualcuno del genere.»

«Perdoni lo stratagemma, ma poiché si è dimostrata così poco collaborativa, abbiamo dovuto ricorrere a misure più drastiche per ottenere la sua attenzione.»

«Non le venderò la casa.» Angie lo fulminò con lo sguardo, sforzandosi contro le manette. «E il gargoyle non c'è più. Quindi vada a farsi fottere.»

York schioccò la lingua. «Che linguaggio.» Fece un passo avanti e usò entrambe le mani per chiuderle la vestaglia sul petto. «La sua situazione si è rivelata molto più interessante di quanto immaginassi all'inizio. Il suo maldestro e ovvio tentativo di dissuadermi dal mio scopo non ha fatto altro che rafforzare la mia convinzione che questo gargoyle fosse uno di quelli che cerchiamo. Per quale altro motivo avrebbe rifiutato la mia offerta solo per 'venderlo' opportunisticamente a un acquirente sconosciuto pochi giorni dopo?»

Angie fece una smorfia. Aveva ragione. Era stata stupida a ignorare l'avvertimento di Sten. Ora avrebbe potuto non rivederlo mai più. «E perché lo vuole, comunque?»

«Questa è una domanda complicata. Chi si sarebbe mai aspettato di trovare una di quelle creature in mezzo al nulla del Montana? Direi che mi ha rovinato la vacanza, ma sarebbe una bugia.» Allungò la mano verso il collo di lei. Lei si ritrasse, ma le dita di lui sganciarono abilmente la collana di sua madre. «Sa cos'è questo?»

Sten l'aveva avvertita di non separarsi mai dal ciondolo, ma come avrebbe dovuto proteggerlo in quella situazione? «Era di mia madre. Cosa c'entra con tutto questo?»

York sollevò la gemma nella luce cruda del magazzino, le sfaccettature rosse che luccicavano tra il filo d'argento. «Il nostro team tecnico sarà entusiasta di metterci le mani sopra.» Se la infilò nella tasca interna della giacca, poi lasciò che il suo sguardo vagasse su e giù per il corpo di lei in un modo che non era sessuale, ma che le fece comunque accapponare la pelle. «Ciò che mi incuriosisce di più, tuttavia, è lei.»

Un uomo in camice da laboratorio si avvicinò e le tirò su la manica della vestaglia. L'odore pungente di alcol si diffuse tra loro mentre le tamponava l'incavo del gomito.

Cercò di divincolarsi, ma era ancora ammanettata alla sedia. «Siete dei pazzi!»

«Stia ferma, per favore.» La presa del tecnico le stava facendo intorpidire la mano. Sembrava che avesse difficoltà a inserire l'ago.

«La gente verrà a cercarmi, sa», disse a denti stretti mentre il tecnico la pungeva di nuovo. Stava ancora elaborando tutto quello che le aveva detto York. «Non potete farla franca.»

«Sappiamo come coprire le nostre tracce.» York passeggiava con le mani dietro la schiena. «Il suo corpo carbonizzato verrà ritrovato domattina. Una vera tragedia che abbia dimenticato di spegnere i fornelli prima di andare a letto.»

«I-il mio corpo carbonizzato?» Riusciva a malapena a respirare. Dopotutto, volevano ucciderla?

«Beh, non il suo, ma quello di qualcuno che riempirà la sua tomba.»

Il tecnico sembrò finalmente trovare una vena e lei trasalì quando l'ago le perforò la pelle. Un peso gelido le si depositò nello stomaco. Sten aveva detto che c'erano persone che davano la caccia alla sua specie. *La mia specie.* York sospettava che lei avesse sangue Khargal? Una sensazione di bruciore si irradiò dal punto dell'iniezione e le fece diventare le dita gelide. «Cosa mi state iniettando?»

«Si calmi», disse York con tono untuoso. «Stiamo solo prelevando un po' di sangue.»

Strinse i denti. «Ha il ciondolo. Lo prenda e mi lasci andare.»

«Sa, sono rimasto deluso quando il mio socio non è riuscito a ottenere il ciondolo quella prima notte. Ma se ci fosse riuscito, non avrei mai saputo della sua relazione con quella sua 'statua'. Ci sono state teorie sui gargoyle che si accoppiano con gli umani, ma tutti i nostri tentativi di farli riprodurre sono falliti.»

L'aria improvvisamente non volle più entrare nei polmoni di Angie. «Riprodurre?» riuscì a dire con un fil di voce.

York le rivolse un sorriso condiscendente. «Ho notato che c'è stato un bel po' di... intrattenimento... a casa sua ultimamente. Ero disposto ad aspettare e osservare, ma poi ha spostato il suo gargoyle.» Sospirò. «Suppongo che sia meglio così. Studiare le creature nel loro habitat naturale è sempre rischioso.»

Avevano spiato lei e Sten per tutto quel tempo? E ora volevano che lei si 'riproducesse'? Sentì la gola troppo stretta per parlare mentre considerava le implicazioni. Erano decisamente a caccia di un ibrido. Cosa avrebbero fatto quando avessero scoperto di averne già uno? *Sten, dove sei?* Emise un respiro tremante e si agitò contro le manette, ignorando il bruciore quando il tecnico estrasse l'ago. Le mise un cerotto e prese il suo vassoio di fiale, ora piene dei suoi campioni di sangue. «Dovrei avere dei risultati preliminari entro un'ora circa.»

«Molto bene.» York annuì. «L'unità mobile dovrebbe arrivare a breve insieme a un team completo.»

La sensazione di gelo nelle dita di Angie risalì fino ad avvolgerle l'intero corpo. «Unità mobile? Di cosa sta parlando? Esigo che mi lasciate andare immediatamente.»

York si limitò a sorridere freddamente e si allontanò tra le cataste, scomparendo alla vista e lasciandola sola con la paura.

Dodici

Sten seguì il sigillo verso il luogo in cui si trovava Angie. La chiamata dalla nave di soccorso continuava a sollecitarlo, esigendo una risposta, ma lui non aveva nemmeno l'energia per rispponderle. Ogni principio della Prima Direttiva era a rischio in quel momento, ma soprattutto la sua *Hondassa* era nelle mani di un nemico.

Pregò *Lar* che non l'avessero separata dal suo sigillo, altrimenti non l'avrebbe mai più ritrovata.

Dopo circa un'ora di volo a tutta velocità, il puntino bianco sulla sua matrice gli indicò che aveva raggiunto la posizione del sigillo di Angie. Si lasciò trasportare da una corrente d'aria sopra una delle città terrestri più grandi, consapevole di essere visibile contro il denso strato di nubi che rifletteva il bagliore dei lampioni. Le strade sottostanti non erano affatto silenziose come quelle di New Turnbull a quell'ora della notte, e avrebbe dovuto fare attenzione avvicinandosi. Il segnale di Angie sembrava provenire da un quartiere commerciale, e lui si posò sul campanile di una vecchia chiesa per affinare il tracciamento del segnale.

Il suo sigillo sembrava trovarsi in un grande magazzino un isolato più in là. Si spostò sull'edificio successivo e si fece strada tra le unità di condizionamento che punteggiavano i tetti per ispezionare la facciata del palazzo. Un furgone era parcheggiato davanti a una delle due saracinesche chiuse. Una porta di servizio più piccola, a sinistra delle saracinesche, era avvolta nell'oscurità.

Era stato fuori dal giro per qualche secolo, ma non avrebbe sottovalutato le armi terrestri; i terrestri avevano fatto molta strada dai tempi delle frecce e dei moschetti. Caricare a testa bassa sarebbe stato come consegnarsi a loro, insieme al sigillo che portava con sé. Si accovacciò, sforzando la vista nella luce arancione riflessa da un lampione lontano.

Un uomo con un'arma da fianco alla cintura se ne stava nell'ombra vicino alla porta. *Stolti terrestri*. Era passato molto tempo dall'ultima volta che aveva affrontato il Sindacato della Rosa, ma era ovvio che non avessero ancora la minima idea delle percezioni potenziate di un Khargal. Si era aspettato molte più guardie, come minimo. Forse si erano concentrate all'interno della struttura.

Levantosi in volo, compì un giro di trecentosessanta gradi attorno all'edificio, in cerca di altri ingressi. Un enorme carrello elevatore era parcheggiato contro un'altra saracinesca sul retro, quasi a toccare l'edificio in un palese tentativo di bloccare la porta. Doveva entrare dalla parte anteriore. Il che significava mettere fuori combattimento la guardia.

Prima di tutto. Atterrando accanto all'edificio, si avvicinò furtivamente a un camion abbandonato appoggiato sui cerchioni e squarciò il sedile in finta pelle con un artiglio. Nascose il suo sigillo nell'imbottitura, tra le molle. Che ne fosse uscito vivo o meno, non poteva permettere che altra tecnologia cadesse nelle mani del Sindacato.

Accanto al camion c'era un mucchio di mattoni rotti; ne raccolse diversi e si levò di nuovo in volo. Si sentì un barbaro nel lanciare pietre contro uomini armati di pistole, ma non aveva altre opzioni. Avevano Angie ed erano sicuri di scoprire che era un'ibrida. E allora si sarebbe trovato di fronte a ben più di un'unica guardia alla porta.

Un mattone mirato fece cadere l'uomo vicino alla porta con un tonfo. Sten ritrasse il braccio, pronto con un secondo mattone nel caso fossero apparse altre guardie, ma nessuno sembrò notare l'uomo a terra. Spiegò le ali, sfrecciò verso la porta e l'aprì silenziosamente, introducendosi in quello che sembrava essere un ufficio. La piccola stanza era buia, illuminata solo dalla luce che filtrava attraverso la piccola finestra rettangolare che la separava dal magazzino principale. Avanzò piano e sbirciò attraverso il vetro. File di pallet avvolti nella pellicola si estendevano verso il soffitto, ma non c'era segno di attività. Perché non c'erano più guardie? Poteva anche essere un semplice ufficiale minore delle comunicazioni, ma persino lui era in grado di riconoscere un piano mal eseguito.

Sgattaiolando nel magazzino, ebbe l'intenzione di saltare in cima a uno dei pallet impilati, ma poi notò il quadro elettrico proprio accanto alla porta dell'ufficio. *Che fortuna.* In pochi istanti, l'intero magazzino piombò in un'oscurità troppo profonda persino per la sua vista potenziata. Non che ne avesse bisogno. Si librò in aria, schioccando la lingua per ecolocalizzare ed evitare di urtare le lampade a sospensione.

Qualcuno gridò dagli anfratti tra i torreggianti pallet. Poi sentì una voce ben più gradita. «Sten!» Al grido di Angie si accompagnò il suono di metallo che strideva contro altro metallo.

Di sotto, qualcuno accese una torcia e Sten seppe di avere solo pochi istanti prima di perdere il suo vantaggio.

Angie gridò di nuovo: «Sono qui!»

Puntando verso la sua voce, Sten si calò tra diversi pallet avvolti nella pellicola; ora il suo olfatto gli diceva esattamente dove trovare la sua *Hondassa*. Le sue mani toccarono la carne di lei proprio mentre diverse luci di emergenza si accendevano lungo il perimetro del magazzino. Angie era seduta su una sedia con le mani legate dietro la schiena. Il suo sorriso nel vederlo gli sciolse il cuore, e avrebbe voluto baciarla lì, su due piedi, ma non era quello il momento. Allungando le mani dietro di lei, torse la catena metallica tra le sue manette, spezzandola in due.

Angie si alzò, sistemandosi la cintura della vestaglia. «Sapevo che saresti venuto a prendermi.»

«Dobbiamo fuggire subito.» La trasse tra le braccia e si levò di nuovo in volo.

Dall'interno di una tenda medica di plastica trasparente in fondo al magazzino, un uomo in camice bianco uscì e puntò il dito. «Sta volando!»

Uno sparo incrinò l'aria e Sten schivò a sinistra, posandosi su una fila di pallet che quasi toccava il soffitto.

«Non fate del male alla donna!» gridò qualcuno. «Potrebbe essere incinta!»

Sten si irrigidì per un istante, il suo sguardo incrociò quello di Angie. «Incinta?»

Lei aveva gli occhi sbarrati e scosse la testa con una confusione che eguagliava la sua.

Macero. Tra i Khargal, la gravidanza era un evento raro, che a volte richiedeva centinaia di anni perché una coppia la ottenesse. Come poteva Angie essere incinta così presto? Doveva portarla via di lì.

Guardò una delle condotte di aerazione sopra di loro. L'apertura era troppo piccola per le sue ampie spalle, ma Angie sarebbe dovuta riuscire a infilarvisi facilmente. «Li distrarrò mentre tu esci da quella condotta», le sussurrò all'orecchio, indicando verso l'alto con una mano. «C'è un carrello elevatore parcheggiato sul retro da cui dovresti riuscire a scendere.»

Lei gli afferrò il braccio con entrambe le mani. «Non ti lascio qui.»

«Devi. Ho più possibilità di batterli da solo. Ti raggiungerò.»

«Dove?» Un singhiozzo le spezzò la voce. «Sanno dove abito.»

Il suo cuore minacciava di spezzarsi, ma non era il momento della tenerezza. Pensò alla nave di soccorso, che finalmente stava arrivando sulla Terra dopo più di mille anni. Lei doveva raggiungerla e andarsene da quel pianeta, con o senza di lui. Era l'unico modo per sfuggire al Sindacato. «Il mio sigillo è nascosto nel sedile di un veicolo abbandonato qui fuori. Recuperalo e segui la mappa verso nord. La mia gente ti aspetta lì. Qualunque cosa tu faccia, non tornare a casa.»

Da qualche parte di sotto, un uomo gridò: «Sono sopra i pallet!»

Sten allungò la mano e strappò la grata della condotta, poi le afferrò i fianchi. «Vai, adesso.»

Lei cercò di protestare, ma lui la sollevò sopra la testa, dispiegando le ali indurite per proteggerla da eventuali proiettili. Altre grida giunsero dal basso e il magazzino echeggiò di spari. Sebbene avesse indurito la pelle, qualcosa gli penetrò il fianco, e un'ondata di vertigini gli indebolì i muscoli. Le sue mani scivolarono via dai fianchi di Angie e si sentì intorpidire mentre perdeva l'equilibrio, cadendo di lato.

Angie urlò, sospesa alla condotta con entrambe le braccia.

Incapace di controllare le ali, precipitò verso il pavimento.

«Angie!» ruggì. Colpì il cemento con la schiena. Un'ala emise uno schiocco sinistro, facendogli vedere le stelle.

Sopra di lui, le mani di Angie scivolarono dall'apertura della condotta. Come al rallentatore, lei precipitò verso di lui.

Doveva salvarla. Doveva muoversi. Prenderla. Fermarla prima che...

Colpì il cemento accanto a lui con un tonfo sordo.

L'intero mondo di Sten sembrò fermarsi sul proprio asse. Cos'era appena successo? Non aveva abbastanza controllo sul suo corpo per girare la testa e l'oscurità premeva ai margini della sua visione. Con la coda dell'occhio, contemplò la sua *Hondassa*... la sua bellissima, spezzata *Hondassa*.

E poi tutto divenne nero.

Tredici

Angie tenne gli occhi serrati e trasse un respiro tremante. Era morta? Sentiva ogni osso del corpo ammaccato. *Ma non rotto...* non che sapesse cosa si provasse ad avere un osso rotto. Non aveva mai subito un infortunio grave in vita sua. Ma immaginava che, dopo una caduta del genere, le sue ossa avrebbero dovuto rompersi in un centinaio di punti. Come minimo, avrebbe dovuto provare un dolore lancinante.

Invece, la sensazione gelida che aveva avvertito durante il prelievo di sangue dell'uomo del laboratorio sembrava riempirle le ossa, e la pelle le pizzicava come se fosse attraversata dall'elettricità statica. Faceva abbastanza male da farle venire le lacrime agli occhi, ma l'istinto le diceva che non era una sensazione dannosa. Assomigliava piuttosto ai dolori della crescita che provava da bambina. Ascoltò gli uomini che parlavano intorno a lei.

«Quando arriva l'attrezzatura? Ho bisogno di fare delle radiografie.» Quella sembrava la voce dell'uomo del laboratorio.

«I temporali stanno bloccando i voli in arrivo. Gliel'avevo detto che avremmo dovuto aspettare.»

«Immobilizzatela.» Quello era York. «Non voglio che scappi.»

«Sconsiglierei qualsiasi cosa che non sia una tavola spinale» disse l'uomo del laboratorio. «Se dovesse vomitare, dobbiamo potere girarla su un fianco. Inoltre, una caduta del genere provoca fratture. Non si alzerà tanto presto.»

«E il bambino?» domandò York, e lei dovette sforzarsi per non portarsi una mano al ventre.

Era davvero incinta? O stavano confondendo il suo DNA ibrido con una gravidanza? In entrambi i casi, sapeva che quegli uomini non l'avrebbero mai lasciata andare. Far credere loro di essere svenuta poteva rappresentare il suo unico vantaggio al momento.

«Non posso dirle niente senza l'attrezzatura» stava dicendo l'uomo del laboratorio. «Non sappiamo ancora nemmeno a che punto della gravidanza sia. È sicuro che non sia stata colpita da uno dei dardi? Devo somministrarle subito l'antidoto, se così fosse. La dose è eccessiva per una persona della sua taglia.»

«Non lo so, signore.»

Un sospiro frustrato. «Prelevi un altro campione di sangue e lo scopra. In questo momento devo occuparmi della creatura. Voglio che gli mettiate addosso tutte le manette in nostro possesso finché non arriva il resto dell'attrezzatura.»

Sten! Stavano parlando di Sten. Tenere gli occhi chiusi fu una delle cose più difficili che avesse mai fatto. Stava bene? Si consolò al pensiero che, se stavano parlando di immobilizzarlo, significava che era ancora vivo.

«Per quanto tempo lo terrà sedato il dardo?» Le voci si allontanarono e sentì qualcuno farle scivolare una tavola spinale sotto la schiena. Quanti uomini erano rimasti con lei? Aspettò di sentirsi sollevare prima di socchiudere un occhio.

La spostarono tra le alte file di scaffali fino a una zona molto illuminata, circondata da plastica trasparente, come una di quelle tende sterili dei programmi televisivi. A un'estremità c'era un tavolo con un microscopio e altre attrezzature da laboratorio. Richiuse l'occhio mentre l'adagiavano su un lettino da visita.

«Le serve altro?»

La voce dell'uomo del laboratorio rispose: «Me la sbrigo io da qui. Va' ad aiutare con l'alieno.»

Ascoltò i passi che si allontanavano mentre delle dita le tastavano la piega del gomito. Socchiudendo di nuovo un occhio, vide l'uomo del laboratorio chino sul suo braccio con un ago. Se voleva fare qualcosa, quella poteva essere la sua occasione migliore. Sollevando di scatto il braccio libero, strinse il pugno e glielo piantò contro la tempia con un rumore secco e nauseante.

Lui si accasciò a terra. Mentre si contorceva ancora, lei fece oscillare le gambe e scivolò giù dal lettino. Sul vassoio medico accanto a sé c'era un paio di manette, così le afferrò e gli tirò le braccia dietro la schiena. Gli legò le caviglie con il tubo di gomma che lui le aveva stretto intorno al braccio. L'uomo gemette, e lei sapeva che sarebbe bastato un grido d'aiuto per perdere il suo vantaggio. Prese dei batuffoli di cotone dal vassoio medico e glieli ficcò in bocca prima di mettergli un pezzo di nastro adesivo sulle labbra. Niente male, per essere la prima volta che legava qualcuno. Sperò che fosse anche l'ultima.

Si alzò e si guardò il pugno, aspettandosi di trovare dita maciullate, nocche insanguinate. La mano era intatta, ma la pelle le sembrava grigia. Simile a pietra. *Simile a Sten.* Si lasciò sfuggire una risata sommessa. Aveva appena trasformato il suo pugno in pietra? Era così che era sopravvissuta alla caduta? Si guardò il resto del corpo sotto l'orlo della vestaglia aperta, ma la sua pelle sembrava normale e rosea. Non aveva tempo per l'autoanalisi, però. Sentendosi nuda con solo la lingerie e la vestaglia addosso, si strinse la cintura e si guardò intorno nella tenda.

Il calcio di una pistola spuntava dalla tasca del camice dell'uomo. Sembrava leggermente diversa dalle pistole che aveva usato in passato e, quando estrasse il caricatore, vide tre piccoli dardi al posto dei proiettili. La trasferì nella tasca della vestaglia, rimpiangendo di non avergli rubato il camice da laboratorio prima di ammanettarlo.

Dando un'occhiata al laboratorio spoglio, trovò un bisturi e lo infilò nell'altra tasca. Che potesse o meno trasformare il pugno in pietra, non voleva affrontare quegli uomini senza armi. Poi prese dal vassoio una siringa piena di un liquido trasparente. Doveva essere l'antidoto di cui stavano parlando. A lei non serviva, ma avevano detto che Sten era stato colpito da un dardo. L'antidoto poteva tornare utile, se lo avesse trovato.

Mentre lasciava l'area del laboratorio, alzò lo sguardo verso il soffitto. Era sopravvissuta a quella caduta illesa perché si era trasformata in pietra? O era guarita come Sten la prima notte in cui gli aveva sparato? Non importava davvero. Sembrava che la sua eredità Khargal stesse finalmente affiorando. Cos'altro sarebbe stata in grado di fare?

Delle voci provenivano da una zona più interna del magazzino, e lei si mosse con cautela lungo la fila, verso di loro. Avvicinandosi alla fine di una serie di bancali, sbirciò oltre l'angolo e vide uno degli uomini in giacca e cravatta che parlava con York. «... sicuro che ti ritroverai retrocesso all'inserimento dati prima che questa storia finisca.»

York gli rivolse un sogghigno. «Eri tu il responsabile della potenza di fuoco in questa operazione.»

Ai piedi degli uomini, Sten giaceva a pancia in giù, con le mani ammanettate dietro la schiena e le ali legate al torso con più giri di corda. Angie trattenne il respiro e si ritirò per non farsi vedere.

La voce dell'agente si sentiva dietro l'angolo. «Operazione? Questa non è un'operazione, è un casino colossale. Non abbiamo nemmeno una squadra al completo e quel temporale tiene a terra il traffico aereo. Se quella cosa si sveglia, corde e manette non la tratterranno. Non so cosa gli sia saltato in mente nel lasciarti libero sul campo.»

«Ho richiesto rinforzi giorni fa e mi hanno mandato te. Anche quando li ho avvertiti che il gargoyle era in movimento. Ho analizzato abbastanza casi da sapere quando stiamo per perdere una traccia.»

La voce dell'agente divenne un borbottio che Angie faticò a sentire. «Hai assoldato gente esterna all'organizzazione, e ora non solo dobbiamo creare una copertura per la donna che hai rapito, ma quella guardia alla porta è morta. Non sarà né una cosa economica né facile da insabbiare.»

«Alla fine ne sarà valsa la pena.» York stava quasi gongolando. «Abbiamo messo le mani sul tris perfetto che il Sindacato cerca fin dalla sua nascita.

Un esemplare alieno vivo, la sua tecnologia e una femmina che porta in grembo la sua progenie ibrida. Passeremo alla Storia.»

Angie ebbe un conato di nausea. La sua mano scivolò sulla pistola che aveva in tasca. Aveva tre colpi, ma gliene servivano solo due, no? Facendo un respiro profondo, si preparò a balzare fuori da dietro l'angolo.

Qualcuno gridò dalla fila dietro di lei. «Ehi!»

Si girò di scatto, pistola in pugno, e sparò un colpo contro un uomo che le correva incontro. Il proiettile volò dritto, conficcandosi nella spalla dell'uomo. Lui emise un suono gorgogliante e cadde in ginocchio. Dietro di sé sentì i passi di York e dell'agente che si avvicinavano di corsa. Si voltò di nuovo, trovandosi faccia a faccia con l'agente.

Lui aveva i denti scoperti e le deviò la pistola di lato. L'arma cadde a terra con un rumore metallico. Allungò le mani per afferrare la pistola.

Angie urlò, più un grido di guerra che di paura, e si chinò per schivare la sua presa. Lui parve sorpreso quando lei gli si scagliò contro invece di cercare di fuggire. Lo colpì in pieno ventre, facendogli espellere tutta l'aria con un sibilo.

Inciampando all'indietro sotto il suo attacco, lui si scontrò con York, che era subito dietro di lui. York lanciò un grido sorpreso, agitando le mani. Crollarono tutti e tre sul pavimento di cemento, con gli uomini che cercavano di afferrarla. Lei si divincolò dalla presa dell'agente, solo per sentirsi strattonare la testa all'indietro per i capelli. York gridò: «Non lasciartela scappare!»

«Sten, svegliati!» urlò lei, contorcendosi nella morsa di York. «Sten!»

«È così che lo chiami?» York le torse la testa con forza di lato e le premette il viso contro il cemento.

«Levami le mani di dosso!» Gli piantò un gomito nello stomaco e rotolò di fianco.

L'agente si era rialzato, estraendo la sua pistola e puntandogliela contro. Fuori, tuonò un rombo. «Non costringermi a spararti.»

Lei rise, con il cuore che le martellava nel petto mentre fissava la canna a pochi centimetri dal suo viso. «Non mi sparerai. Non se vuoi che questo bambino viva.»

Mostrando ancora i denti, l'agente spostò la pistola da lei... verso Sten. Tenendo gli occhi fissi nei suoi, disse: «Allora non costringermi a sparare a lui.»

Aveva bluffato quando lui le aveva puntato la pistola contro. Ora toccava a lei bluffare. «Fallo pure. Gli ho già sparato una volta. È a prova di proiettile.»

Il volto dell'uomo ebbe un tic di indecisione.

Era tutto ciò di cui aveva bisogno. Gli diede un calcio sulla rotula, sperando che il suo piede fosse forte quanto lo era stato il suo pugno.

Lo schiocco di un osso rotto riempì l'aria e lui emise un grido strozzato. «Brutta stronza!»

Invece di allontanarsi, le crollò addosso, bloccandola con le braccia attorno alle cosce. *Merda!* Non se l'era aspettata.

York scattò di nuovo, costringendole le mani sopra la testa. L'agente risalì il suo corpo strisciando sulla pancia, tenendola ferma con il suo peso mentre le mani di lui le bloccavano le braccia. «Va' a prendere un paio di manette da quel gargoyle così possiamo tenerla a bada.»

«È prudente?» York si tirò indietro, appoggiandosi sui talloni. «Hai detto che poteva liberarsi anche con queste legature.»

Angie si divincolò inutilmente. Quel tipo era più pesante di quanto sembrasse.

«Tieni a bada la femmina e la useremo come merce di scambio se si sveglia.» L'alito dell'agente sapeva di caffè stantio.

Disperata, gli affondò i denti nella spalla, desiderando di aver sviluppato i canini di una khargal. Non riuscì a trapassare il tessuto della tuta, ma lui gridò e strinse la presa. «Me la pagherai.»

Un'esplosione di movimento eruppe vicino a York. Angie allentò la presa della mascella e girò la testa mentre York cadeva all'indietro. Sten si era alzato, con le ali che fremevano e con gli artigli sguainati. I suoi occhi smeraldini brillarono quando il suo sguardo incrociò quello di lei.

Ignorando York a terra, la raggiunse con un solo balzo.

«Non ti avvicinare.» L'agente le afferrò la gola con entrambe le mani. «La strangolo.»

Le mani di lei scattarono verso quelle di lui, cercando di liberarsi dalla stretta. Per un brevissimo istante, le mancò il respiro. Poi Sten strappò via l'uomo. Con una mano sola, lo scagliò contro la vicina fila di pallet. L'impatto fece vacillare la pila e per un momento Angie temette che potesse crollare e seppellirli tutti.

Si tirò su in ginocchio, individuando la sua pistola sul pavimento a pochi metri di distanza. Mentre si lanciava verso di essa, vide York rialzarsi, impugnando la propria pistola.

«Sten, dietro di te!» gridò.

Sten si voltò, ma era troppo tardi.

York fece fuoco. Sten trasalì e crollò su un ginocchio. Un ruggito assordante gli sfuggì. Allungò una mano verso York. Il suo corpo fu scosso da un fremito e si rovesciò di lato.

«No!» Angie sollevò la sua pistola e premette il grilletto. La bocca di York formò un cerchio perfetto mentre gorgogliava qualcosa che avrebbe potuto essere un tentativo di parlare. Rigido come una tavola, cadde in avanti, sbattendo la faccia a terra.

Angie si precipitò al fianco di Sten. Aveva gli occhi chiusi, ma respirava. «Sten?»

L'agente emise un suono e lei si guardò alle spalle, trovandolo riverso sulla pancia mentre si trascinava verso la sua pistola. Stringendo i denti, scattò dove

York aveva lasciato cadere l'arma e sparò un dardo nel sedere dell'agente. Quello si afflosciò sul cemento. Una parte di lei desiderò che la pistola avesse avuto proiettili veri.

Lasciandosi cadere al fianco di Sten, lo scosse, aspettandosi il suo solito aspetto di pietra, ma la sua carne era calda e malleabile. Decisamente non era la *duramna*. Afferrandogli entrambe le braccia, cercò di trascinarlo. Dovevano uscire da quel magazzino prima che arrivassero i rinforzi. Ma anche solo spostarlo di pochi centimetri la lasciò senza fiato. Poteva non essere di pietra, ma era comunque troppo pesante per lei da spostare.

«Sten, svegliati!» Gli diede uno schiaffo sulla guancia, ansimando per lo sforzo. Nessuna risposta. Doveva trovare un modo per portarlo fuori di lì.

Alzatasi, perlustrò l'area circostante. La pioggia batteva un pesante staccato sul tetto, echeggiando nell'enorme edificio. Sicuramente in un magazzino c'erano carrelli a mano o qualcosa del genere. Vedeva solo pallet. Abbassò lo sguardo sul viso del suo compagno. «Torno subito.»

Correndo verso il laboratorio, si fermò di scatto, esaminando il magazzino in cerca di qualcosa da usare. Il tizio del laboratorio era ancora legato sul pavimento, con gli occhi chiusi. Da qualche parte in lontananza, una sirena ululò e il suo cuore perse un battito.

Poi si ricordò della siringa che aveva in tasca. La tirò fuori a fatica, fissando il liquido trasparente al suo interno. Non c'era nessuna etichetta, ma suppose che fosse l'antidoto. E se si fosse sbagliata? Inginocchiandosi accanto al Tizio del Laboratorio, lo scosse, ma non reagì. *Dannazione.* Un piccolo frigorifero era appoggiato sul tavolo accanto al microscopio. Lo aprì, ma le bottiglie e le fiale all'interno non avevano alcun significato per lei.

La sirena si stava avvicinando? Scattò verso la porta del vicino ufficio. Nessun carrello a mano. Neanche una sedia a rotelle.

Emise un urlo frustrato, poi si voltò e corse dall'altra parte del magazzino, con gli occhi spalancati in cerca di un muletto, un carrello o persino uno skateboard. Qualsiasi cosa che potesse aiutarla a spostare Sten. Quando completò il giro e si ritrovò di nuovo accanto a lui, seppe di aver esaurito le opzioni. Riusciva a malapena a riprendere fiato per il dolore al fianco. Mentre toglieva il cappuccio dall'ago, il respiro affannoso divenne un singhiozzo.

«Ti prego, non morire», sussurrò, e conficcò l'ago nel braccio di Sten.

Sten si svegliò di soprassalto.

Angie gli stava lasciando baci sulla fronte. Aveva il viso rigato di lacrime. «Oh, mio Dio», continuava a ripetere. «Oh, mio Dio.»

Lui allungò una mano e le toccò la guancia, incapace di credere di non stare sognando. L'aveva vista colpire il pavimento. Era stato sicuro che non avrebbe mai più rivisto la sua splendida compagna. «Come fai a essere viva?»

«Non abbiamo tempo di parlare. Ne stanno arrivando altri.» Gli afferrò un braccio e tirò finché non fu seduto. «Riesci a camminare?»

Qualunque tranquillante ci fosse in quel dardo era potente. Si sentiva ubriaco, ma riuscì a barcollare in piedi.

«Ti senti bene?» Lei si infilò sotto il suo braccio per sostenerlo. «Parlavano di un antidoto, ma non ero sicura di che effetto ti avrebbe fatto quell'iniezione.»

«Starò bene», disse lui, nonostante la difficoltà a mettere a fuoco. Il suo sguardo perlustrò i due uomini sul pavimento di cemento. «Sono solo questi?»

«Ce ne sono altri due da quella parte.» Indicò oltre le pile di pallet. «York ha detto qualcosa sul non avere ancora una squadra al completo.»

«Fortuna.» Fece un passo barcollante, riacquistando l'equilibrio mentre lei lo guidava. Le ali gli pendevano intorpidite sulla schiena e non aveva la forza di ritrarle. «Devo portarti via da qui immediatamente. Soprattutto se sei incinta.» Aveva creduto che trovare la sua *Hondassa* fosse il dono più grande; il pensiero di una famiglia, di piccoli suoi, gli dava nuova forza.

«Non credi davvero che potrei essere incinta, vero?»

Le rivolse un sorriso di sbieco. «La fecondità della vostra specie mi ha sempre stupito.»

«Potrebbero semplicemente aver scambiato il mio DNA ibrido per una gravidanza?»

«Non ne so abbastanza dei test per giudicare, ma suppongo che sia possibile.» Il petto gli si strinse, sorprendendolo. Sarebbe rimasto deluso se il test fosse stato un errore. «In ogni caso, devo portarti fuori pericolo. La notte scorsa ho ricevuto la notizia che la mia gente aveva inviato una nave di salvataggio. Torneremo su Duras, dove sarai al sicuro.»

«D-Duras?» Si fermò. «Lasciare la Terra?»

Si voltò verso di lei, prendendole il viso tra i palmi delle mani. Sapeva quanto la sua casa significasse per lei, e ora le stava dicendo che doveva lasciarla e abbandonare il suo intero pianeta. «Mi dispiace, amore mio. Qui non sarai mai al sicuro. Non con uomini come questi che ti danno la caccia.»

«La nave è già qui?»

«Non ancora, ma presto.»

Lei annuì in silenzio. Capiva che stava facendo del suo meglio per essere coraggiosa, e lui voleva parlargliene, ma non era quello il momento.

Continuarono verso l'uscita e lui aprì la porta per scrutare le cortine d'acqua che cadevano dal cielo. L'odore di ozono e asfalto bagnato si diffuse all'interno. «Ho nascosto il mio sigillo nel cuscino del sedile di un veicolo qui vicino. Dobbiamo recuperarlo prima di andare.»

«Oh no! Il sigillo! Mi hanno preso il mio.» Senza preavviso, si voltò e scomparve tra le file di pallet.

«Angie, aspetta!» Sten andò a sbattere contro una delle pile nel suo instabile inseguimento, con un'ala irrigidita. «Non ti serve.»

Angie si era già lasciata cadere in ginocchio accanto a York e stava frugando nelle sue tasche. Fortunatamente, entrambi gli uomini erano ancora a terra e immobili. «E la tua Prima Direttiva?»

«Qualsiasi sigillo lasciato indietro quando la nave di salvataggio ci teletrasporterà a bordo si autodistruggerà per evitare che cada nelle mani sbagliate.»

«Ormai non importa. L'ho preso.» Sollevò la collana dalle faccette rosse. «Andiamo!»

Un'ondata di vertigini lo travolse e dovette fermarsi ad appoggiarsi a un pallet.

«Cos'hai?» Angie si affrettò al suo fianco, mettendogli di nuovo il braccio sulle spalle.

«Credo che il farmaco che mi hanno dato faccia ancora effetto.» Chiuse gli occhi e fece un respiro profondo. Non era il momento per le debolezze. Non quando la sua *Hondassa* era in pericolo. «Starò bene. Vai avanti tu.»

Si fecero di nuovo strada verso l'ufficio ed uscirono sotto la pioggia battente. Un fulmine balenò da qualche parte a est e, pochi istanti dopo, il tuono rimbombò nell'aria. Da qualche parte nell'isolato successivo, il segnale di retromarcia di un camion emetteva dei bip. Sebbene il cielo fosse ancora scuro, il mattino era alle porte e la città si stava risvegliando. Dovevano allontanarsi il più possibile da lì.

Sten prese Angie tra le braccia e spiegò le ali. Un dolore rovente lo trafisse. Barcollò in avanti, quasi inciampando.

I piedi di lei arretrarono mentre il peso di lui le crollava addosso. Emise un respiro secco. «Che succede?»

Sten mise di nuovo alla prova l'ala, capendo perché si sentisse così intorpidito. «Credo che la mia ala sia slogata. Non posso volare.»

Quattordici

A ogni incrocio, Angie sbirciava dietro l'angolo dell'edificio, pregando che non ci fosse traffico mentre attraversavano verso l'isolato successivo. Sten non solo era ferito, ma non riusciva a ritrarre le ali per nasconderle. Dovevano trovare un posto dove potesse riposare e guarire. Almeno l'acquazzone e la luce del primo mattino rendevano più difficile per la gente vederli, anche se camminare era un'agonia. La vestaglia le pendeva dalle spalle in pieghe irritanti e le si appiccicava alle cosce, ricordandole quanto fosse nuda. Se Sten non avesse attirato l'attenzione, di certo l'avrebbe fatto lei.

Un camion rombò tra i magazzini a diversi isolati di distanza e lei trattenne il respiro finché non passò.

Controllando alle sue spalle per assicurarsi che lui la seguisse, disse: «Andiamo.»

Riuscirono a evitare di essere scoperti finché un portone industriale non si aprì, riversando una luce gialla brillante sull'asfalto fradicio insieme alle voci di due uomini che scherzavano. Angie strattonò Sten verso una minuscola chiesa incastonata tra i magazzini, un residuo di un'era lontana in cui quella terra era stata probabilmente nient'altro che un campo minerario. «Qui dentro.»

La porta era chiusa a chiave, ma Sten la forzò con una spinta. Si precipitarono dentro, appoggiandosi alla porta dietro di loro. Lo sguardo di Angie saettò per il piccolo atrio. *Dio, fa' che oggi sia il giorno libero del pastore.* La chiesa odorava di prodotti per la pulizia e olio per il legno, e i pannelli di legno scuro e le modanature decorative erano stati ben tenuti.

Un vicino attaccapanni reggeva diverse tonache da coro di un giallo brillante, e l'occorrente per il caffè era pronto su un tavolo pieghevole accanto alla porta del santuario. Esaminò la bacheca, sperando di scoprire gli orari di ufficio della chiesa. Quasi sepolta sotto gli annunci di servizio alla comunità e un enorme volantino per l'imminente festa d'autunno, individuò una piccola targa con gli orari d'ufficio della chiesa. Tirò un sospiro di sollievo. «Sembra che abbiamo qualche ora. L'ufficio non apre prima delle dieci.»

Sten si mosse verso il santuario. «Comunque, dobbiamo trovare un posto appartato.»

Lo stomaco di Angie brontolò e lei guardò con desiderio la brocca del caffè. C'era qualche possibilità che fosse piena? Le sue viscere la stavano rodendo in un modo che non aveva mai provato prima, e anche se il caffè non l'avrebbe esattamente saziata, sarebbe stato meglio di niente. Azionò il rubinetto mentre passavano, ma era vuota. Fermandosi solo il tempo necessario per strappare diverse bustine di panna in polvere e rovesciarsele in bocca, si affrettò dietro a Sten, che era già a metà della navata tra i banchi. La panna in polvere fece ben poco per fermare il dolore lancinante che le stava attanagliando le viscere. Perché aveva una fame così insopportabile?

Una porta laterale dietro l'altare conduceva a un piccolo ufficio con una minuscola finestra che dava su un vicolo. Sten scrutò l'interno fioco. «Per ora, questo andrà bene.»

Si tolse la vestaglia fradicia, flettendo le spalle mentre la strizzava. Si sentiva come se il suo corpo si fosse raggrinzito come una prugna secca sotto la pioggia; la sensazione di prurito e formicolio che aveva provato dalla caduta continuava a percorrerla a ondate sporadiche. Anche se la sua pelle era coperta di pelle d'oca, si sentiva stranamente calda, come se i cambiamenti che stavano avvenendo dentro di lei le stessero riscaldando il sangue. Appese la vestaglia sullo schienale della sedia della scrivania. «Quanto tempo ti serve per guarire? Posso fare qualcosa per aiutarti?»

A denti scoperti, lui allungò l'ala ferita in avanti e tentò di afferrare la punta artigliata. «Temo che non guarirò da solo. E non riesco a raggiungere l'angolazione giusta per riposizionare l'articolazione da me.»

Non aveva mai avuto a che fare con una ferita del genere, ma aveva visto alcuni film in cui l'eroe aveva subito una lussazione alla spalla. Un'ala era simile? «Cosa posso fare?»

Lui si girò. «Devi tirare con abbastanza forza da rimettere a posto l'articolazione.»

A quanto pareva, era come nei film. Avrebbe fatto un male d'inferno. Facendo un respiro profondo, afferrò l'estremità della sua ala appena sopra l'artiglio. Sembrava più fragile di quanto si aspettasse, la membrana: come pelle di daino morbida come burro. E se avesse sbagliato? Era possibile che facesse più male che bene? Deglutì, sapendo di non avere altra scelta se non provare.

Mentre lui si puntellava, lei tirò, ma le mani le scivolarono. La bocca le si stava riempiendo del sapore dolce-salato della sua *dassa*, ma lo scacciò. Come poteva anche solo pensare al sesso in un momento come quello? Ma la sensazione della pelle di Sten le stava facendo contrarre la fica dal desiderio.

Lui grugnì e si sistemò. «Ancora.»

Dov'era la sua superforza Khargal quando ne aveva bisogno? O se l'era solo immaginata quando aveva dato un pugno in faccia al tizio del laboratorio? Richiamando tutta la sua volontà, ci provò di nuovo. Nessun successo. Ma Sten si girò verso di lei, con i suoi occhi di smeraldo che brillavano. «Mi stai facendo impazzire, *Hondassa*.»

Si leccò le labbra, cercando di mantenere lo sguardo sul suo viso e non sui suoi addominali scolpiti. «Non credo di essere abbastanza forte.»

«Non quello.» Le sue narici si dilatarono. «Sento il tuo odore. È una distrazione.»

Il suo sguardo scivolò verso il bacino di lui e deglutì. Il suo cazzo premeva contro la patta dei jeans bagnati, muovendosi come se avesse vita propria. «Non posso farci niente. Che cosa mi succede?»

Fece un passo avanti che in qualsiasi altra situazione sarebbe stato minaccioso, ma che in quel momento sembrava una promessa. «La lussuria insoddisfatta può interferire con la guarigione Khargal.»

Si leccò le labbra. «Siamo in una chiesa. Il pastore potrebbe tornare da un momento all'altro. O il Sindacato.»

Flesse i fianchi. «Allora dobbiamo fare in fretta.»

Con un altro passo, fu contro di lei, con le braccia a circondarle la vita. Lei si inarcò contro di lui, avvolgendogli entrambe le braccia intorno al collo e sollevando il viso per il suo bacio. La sua lingua scivolò lungo il labbro inferiore di lei, trasformando il calore tra le sue gambe in un inferno di bisogno.

Una grande mano si appiattì contro la sua schiena, poi scivolò più in basso per afferrarle il sedere prima di avventurarsi ancora più giù, finché le sue dita non incontrarono la sua fica, sondando contro il tessuto. Contro il suo ventre, l'erezione di lui pulsava insistentemente mentre la sua lingua la esplorava. Lei aprì di più la bocca, intrecciando la lingua con la sua, assaporando la propria *dassa* mescolata a quella di lui in un elisir più potente di qualsiasi afrodisiaco sulla Terra o su qualunque altro pianeta.

Fece scivolare le mani lungo la parte anteriore di lui per aprirgli la patta. Il cavallo dei jeans si gonfiava, tendendo la cerniera, e quando lei ebbe slacciato il bottone, la punta del suo cazzo apparve sopra la cintura. Cazzo, era enorme, e lei amava ogni centimetro. Si sfilò le mutandine mentre lui si apriva del tutto la patta dei jeans. Sollevando una gamba attorno alla sua vita, si premette contro di lui, facendo scorrere il proprio clitoride sulla sua dura lunghezza. «Dio, che meraviglia.»

Lui ringhiò dal profondo della gola e la portò per due passi fino a premerla contro la porta chiusa dell'ufficio. Il legno grezzo le graffiò le scapole e lei si divincolò, trovando un leggero sollievo dal prurito che l'aveva consumata dalla caduta. Le ali di Sten fremettero dietro di lui e lui grugnì, ma mantenne la presa. Qualunque dolore stesse provando non sembrava attenuare la sua fame. Con entrambe le mani sotto il suo sedere, la sollevò, impalandola con un'unica spinta. Lei gemette, gettando la testa all'indietro e godendosi la pienezza mentre contraeva e rilasciava i muscoli intorno a lui.

Tirandosi indietro, la guardò negli occhi e cominciò a spingere dentro di lei, con ogni cresta lungo la sua asta che le accarezzava i punti interni più sensibili. Ogni colpo la sbatteva contro la porta, e lei conficcava le dita nelle sue spalle, stringendo i denti mentre ondate su ondate di piacere le crescevano dentro. Il sesso non era mai stato così prima. Il suo corpo bruciava. Agganciò i talloni intorno a lui e si tese per incontrare le sue spinte. Mentre cavalcava l'onda del suo orgasmo, la schiena di lui si irrigidì. Qualcosa dentro di lei sembrava pronto a liberarsi. Non riusciva a riprendere fiato. Ma non poteva fermare lo slancio. Il suo orgasmo la attraversò come un razzo, risalendole la spina dorsale e attraversandole le spalle finché non sentì che il suo cuore potesse esplodere. Si aggrappò a Sten come se la sua vita dipendesse da questo, sentendo la sua eiaculazione colmarla.

Dopo un momento in cui respirarono affannosamente insieme, Sten si tirò indietro per guardarla negli occhi. La bocca di lei era leggermente aperta e un'espressione d'orgoglio si diffuse sul volto di lui. «Mia *Hondassa*.»

Lei sorrise languidamente in risposta. Lui la rimise in piedi. Le sue gambe sembravano elastici, ma le scapole le bruciavano e un'altra sensazione la raggiunse, qualcosa di completamente sconosciuto. Girò la testa a destra e strillò.

Un'ala delicata dalla punta artigliata tremava contro lo stipite della porta. La *sua* ala dalla punta ad artiglio. «Quella è... quella è una fottuta ala?»

Sten si allungò e le accarezzò delicatamente il pignone. La sensazione del suo tocco la percorse. «Ricordi quando abbiamo parlato della mia *dassa*, e che probabilmente ti avrebbe rafforzata e allungato la vita? A quanto pare ha anche rafforzato i tuoi attributi Khargal latenti.»

«Ma le ali? Voglio dire, da dove sono venute?»

Lui allungò la mano sotto le sue braccia e le toccò le scapole da cui emergevano le ali. «Immagino che siano sempre state lì. Solo che non sapevi come estenderle.» Si chinò e la baciò prima di chiudersi la patta. «Ti ho già detto che mi piace la tua biancheria?»

Come faceva a prenderla così bene? Era una cosa dannatamente strana, anche se in un certo senso la faceva sentire forte. *Le ali!* Significava che avrebbe potuto volare? Si allontanò dalla porta e guardò oltre la spalla la punta dell'ala tremolante. Si concentrò e fu felice di vederla spiegarsi, sventolando l'aria con forza sufficiente da costringerla a ritrovare l'equilibrio. «Quindi, questo significa che posso volare? Forse posso portarci in volo dove dobbiamo andare.»

Sten scosse la testa. «No, mia piccola *Hondassa*. Imparare a volare richiede tempo. Per ora, devi imparare a ritrarle.»

«Oh.» Guardò il pignone spiegato. Con la concentrazione, poteva farlo sventolare, ma non aveva la più pallida idea di come ripiegarlo e farlo sparire. «Come dovrei fare?»

Un tonfo dal vicolo esterno la fece sobbalzare e si rese conto che il camion della spazzatura era arrivato per la raccolta. Cazzo, che ora era? Doveva capirci qualcosa, o non sarebbero mai usciti di lì. Sten ancora una volta allungò la mano dietro di lei e le posò le dita sulle scapole. La sensazione del suo tocco alla base delle ali la fece ridacchiare. Lui ridacchiò. «Soffri il solletico, eh? Dovrò ricordarmelo.» Tornando serio, afferrò l'articolazione nel punto in cui emergeva dalla sua schiena. «Devi concentrarti per ritrarle da qui, non dall'ala stessa.»

Aveva senso. Angie chiuse gli occhi, concentrandosi sul punto che le sue dita avevano toccato. Una strana sensazione di avvolgimento la percorse, facendole contrarre le viscere. Ansimò e si allungò per stabilizzarsi, trovando nel solido petto di Sten un gradito conforto. «Ce l'ho fatta?»

Lui le appiattì le mani sulle scapole. «Ben fatto. Ora ricorda solo di non lasciarle spiegare d'istinto.»

«Fantastico.» Ancora instabile sia per l'orgasmo che per la rivelazione di avere le ali, raccolse le mutandine e se le infilò. «Allora come usciremo di qui se non possiamo volare?»

Lui emise un lungo respiro. «Dobbiamo continuare il nostro viaggio a piedi.»

A piedi? «Andare a piedi non è proprio un'opzione. Tu dai nell'occhio come un faro nella notte.» Si guardò di nuovo intorno nell'ufficio, sperando in un miracoloso mazzo di chiavi del furgone della chiesa o qualcosa del genere. Il suo sguardo cadde sul telefono dell'ufficio. «Penso che dovremmo chiamare Mae per chiedere aiuto.»

Aggrottò le sopracciglia. «Sarebbe sconsiderato.»

«Dubito che la stiano tenendo d'occhio. York ha detto di essere a corto di personale e credeva di averti già catturato.» Prese il telefono. Chiamare Mae sarebbe stata la cosa più intelligente che potessero fare. «Lei è un medico, un'infermiera specializzata. Scommetto che saprà come sistemare la tua ala.»

Si strofinò la mascella. «Se non credi che la stiano sorvegliando, allora vale la pena tentare.»

Sospirando di sollievo, Angie compose il numero. Mae rispose al primo squillo. «Mae, sono io.»

«Oh, grazie a Dio! Stanotte Sten è venuto a cercarti...»

«Ho bisogno del tuo aiuto. C'è gente che ci cerca e Sten è ferito.» Quell'ultima parte le uscì quasi soffocata mentre la realtà la colpiva allo stomaco. Non avrebbe mai più rivisto la sua casa o il suo giardino. Emise un respiro tremante e diede a Mae l'indirizzo che c'era sulla carta intestata della chiesa. «Potresti anche portarmi dei vestiti, per favore? E qualunque cosa tu faccia, assicurati che nessuno ti segua.»

«Certo. Dammi un'ora.»

«Grazie, Mae.» Angie riattaccò. Secondo l'orologio sul muro, l'arrivo di Mae sarebbe stato a ridosso dell'orario di apertura dell'ufficio della chiesa. La pioggia fuori si calmò abbastanza da permettere alla luce del mattino di penetrare nel vicolo insieme al rumore di una città completamente sveglia. Ogni camion che passava la metteva in agitazione. Lo stomaco le brontolò rumorosamente nel silenzio dell'ufficio. «Non posso credere a quanta fame ho.»

«Fa parte della guarigione.» Sten aprì un cassetto della scrivania, rivelando una busta formato famiglia mezzo vuota di M&M's. «Questi sembrano commestibili.»

«Dio, sì che lo sono.» Afferrò la busta e se ne versò una manciata in mano. «Ne vuoi?»

«Devo ammettere che sono curioso. Questi sono al cioccolato, giusto?»

Alzò un sopracciglio. «Da quanto tempo sei sulla Terra e non hai mai assaggiato il cioccolato?»

Scrollò le spalle e trasalì, mentre la sua ala fremeva. «Non mi sono mai trovato in una situazione che ne offrisse l'opportunità.»

«Beh, tieni.» Gli prese la mano e la riempì di caramelle. «Mangia.»

Si gettò la manciata in bocca e i suoi occhi si spalancarono. Il suo sguardo tornò alla busta nella mano di lei.

«Ti piacciono.»

«Capisco perché gli umani parlino così bene di questo cibo.»

Ridendo, gliene versò ancora in mano. «Benvenuto nel lato oscuro.»

Finirono la busta, poi perlustrarono il resto dell'ufficio in cerca di altro cibo. Due tazze da caffè in ceramica erano sul bordo della scrivania, e Sten ne divorò una, ma Angie lo fermò quando allungò la mano verso quella con la scritta "Miglior Papà del Mondo". «Probabilmente significa qualcosa per qualcuno.»

Lui annuì e ritirò la mano. Angie sorrise tirata, cercando di non pensare a tutti i cimeli come quello che stava lasciando indietro. Avrebbe dovuto chiedere a Mae di prendere qualcosa, qualsiasi cosa, da casa sua. Ma questo avrebbe potuto mettere la sua amica in un pericolo maggiore di quello in cui si trovava già. Un altro camion rombò nelle vicinanze e un aereo ronzò sopra le loro teste. Lo stomaco di Angie si contrasse quando si rese conto che ciò significava che i rinforzi del Sindacato potevano arrivare in zona da un momento all'altro.

Alle dieci meno dieci Angie prese la mano di Sten. L'ultima cosa che volevano era che il pastore chiamasse la polizia perché li aveva scoperti dentro. Almeno fuori avrebbero potuto passare per partecipanti a una festa di Halloween. Si infilò la vestaglia umida, reprimendo l'impulso di liberare le ali mentre la spugna le sfrecciava contro la schiena. «Dovremmo aspettare Mae qui davanti.»

Mentre uscivano dalle porte principali, un uomo magro stava scendendo da una Volvo malconcia parcheggiata lungo il marciapiede. Li guardò accigliato, squadrando le ali di Sten. «Posso aiutarvi?»

Il cuore di Angie martellava freneticamente contro le costole. Doveva lavorare lì. Avevano impiegato troppo tempo. Forse poteva implorare asilo. Non era una cosa che si faceva? «È lei il pastore di questa chiesa?»

«Lo sono.»

Un autoarticolato passò facendo tremare la strada. Dietro di esso, apparve il camioncino di Mae. Angie emise un respiro esplosivo e sorrise al pastore. «Non importa. È arrivato il nostro passaggio. Grazie.»

Afferrando la mano di Sten, corse oltre l'uomo sbigottito verso Mae. La sua amica li guardò a bocca aperta mentre Angie saliva dal lato del passeggero. «Sei la migliore, Mae.»

Sten diede un'occhiata allo spazio angusto, poi si catapultò nel cassone facendo dondolare il pick-up. In un batter d'occhio era sdraiato sul fondo. «Guida», ordinò.

Le sopracciglia di Mae erano quasi all'attaccatura dei capelli, ma mise il camion in marcia e superò l'ingombrante autoarticolato.

<h1 style="text-align:center">*Quindici*</h1>

Angie osservò la strada attraverso il lunotto del pick-up per controllare se qualcuno li stesse seguendo, mentre Mae la bombardava di domande. Per quanto poteva vedere, nessuno li seguiva, per ora. Ma non si sarebbe sorpresa se il Sindacato li avesse scovati. Il suo sguardo continuava a cadere su Sten, sdraiato nel cassone, sferzato dalla pioggia, con l'ala lussata che sobbalzava a ogni curva e a ogni cunetta. Ma finché non si fossero allontanati dalla folla, non c'era altra scelta.

«Angie!» Il tono aspro di Mae alla fine strappò l'attenzione di Angie dal finestrino. «Mi stai facendo spaventare a morte. In quale cazzo di casino ti sei cacciata?»

«Non mi crederesti.» Angie si strinse nelle spalle e deglutì.

Mae lanciò un'occhiata alle sue spalle, verso Sten. «Provaci.»

Espirando a lungo, Angie mise la sua amica al corrente di tutto. Il tradimento dello sceriffo, gli orribili finti agenti dell'FBI, persino il bambino.

«Frena un attimo. Sei incinta?»

«Credo di sì?» La sua voce si alzò sull'ultima parola, trasformandola in una domanda, e si lasciò sfuggire una risata tremante. «Un dottore può davvero capire se una è incinta così in fretta?»

«Ci sono test che possono rilevarlo dopo settantadue ore», la rassicurò Mae. «Ma, cavolo, ragazza. Non pensavo che potessi rimanere incinta di una statua. Meno male che a me non è mai successo con il mio vibratore.»

Era da Mae smorzare la tensione. Angie sbuffò, e la pressione nel petto si allentò leggermente. «Non è una statua.»

«Lo so.» Mae le fece l'occhiolino. «Scherzi a parte, però, non avrei mai immaginato che il suo DNA potesse anche solo mescolarsi con quello di un essere umano.»

Angie si mise una mano sul ventre. «Io lo sapevo. Solo non immaginavo che potesse succedere così in fretta.»

Mae aggrottò le sopracciglia. «Cosa vuoi dire?»

La pressione nel petto di Angie ritornò, irradiandosi verso le spalle. *Mantieni la calma, Angie.* Far spuntare le ali nell'abitacolo probabilmente avrebbe fatto sbandare Mae. Reprimendo i suoi istinti, Angie disse: «Sono un ibrido. Tutta la mia famiglia era in parte aliena. Ecco perché Sten ci ha sorvegliati per così tanto tempo.»

A Mae sfuggì un respiro tremante, e scosse la testa. «Ragazza, ho sempre saputo che c'era qualcosa di speciale in te.»

«Intendi strana?» Angie non poté fare a meno di sorridere.

«Anche. Ma davvero, chi altro conosci che sa sradicare i rovi di more a mani nude?»

Angie pensò a quante volte la gente le aveva fatto notare la sua mancanza di guanti da giardino. «Hai ragione. Non ci avevo mai pensato.»

«Credo che tu sia l'unica persona in città che non è mai venuta in ambulatorio per un motivo o per l'altro.» Mae prese la svolta per la I-15. «A proposito, ancora non so dove stiamo andando.»

Guardando nel cassone del pick-up, Angie incrociò lo sguardo di Sten e cercò di sorridere. «Prendi la prossima uscita, così troviamo una strada secondaria dove Sten possa scendere senza dare nell'occhio.»

Mae squadrò Angie. «Comunque, che ci fai con quell'accappatoio?»

«Lo sceriffo mi ha arrestata così.»

«Davvero? Ma che cazzo? Non dovrei sorprendermi, però. Fottuto sceriffo.» Mae scosse la testa e prese l'uscita verso una piccola cittadina senza nome.

Allungando la mano, Angie strinse il braccio di Mae. «A proposito, grazie.»

Mae annuì, tenendo gli occhi fissi sulla strada. «Sai che ti voglio bene.»

Un singhiozzo silenzioso scosse Angie. «È roba da Area 51. Non smetteranno mai di darci la caccia. Non potrò mai più tornare a casa, Mae.»

«Dopo aver conosciuto Sten, mi sono chiesta se fosse proprio questo il problema.» Indicò uno zainetto sul pavimento del lato passeggero. «Sono riuscita a passare da casa tua venendo qui. Non preoccuparti, ho finto di essere lì per passarti a prendere per il lavoro. Ti ho preso delle cose.»

Angie allungò la mano verso lo zaino, asciugandosi gli occhi con il dorso dell'altra. «Non avresti dovuto rischiare di andare lì, ma grazie.» Guardò di nuovo fuori dal lunotto, ma nella cittadina che stavano attraversando non sembrava esserci altro traffico. «Sarà un sollievo avere dei vestiti normali.»

Mettendo una mano dentro, trovò la sua felpa preferita. Subito sotto, scoprì il barattolo di vetro in cui teneva i suoi semi antichi. Trattenne il respiro, con le lacrime che le annebbiavano la vista. «Mae!»

La sua amica le rivolse un sorriso sardonico e svoltò su una strada sterrata che portava a ovest verso le montagne. «Ho pensato che, tra tutte le cose a cui tieni, il tuo giardino fosse la più trasportabile.»

Nascondendo il viso tra le mani, Angie singhiozzò. Non aveva idea se i suoi semi sarebbero cresciuti sul pianeta di Sten, ma ora poteva almeno provarci.

La mano di Mae lasciò il volante per strofinarle la schiena. I sensibili abbozzi delle ali di Angie risposero spingendo contro la spugna dell'accappatoio. Mae emise un grido e ritrasse la mano. «Cos'è?»

Angie si raddrizzò, facendo una smorfia per il dolore crampiforme delle ali impossibilitate a dispiegarsi sotto la vestaglia. Mae era stata fantastica nell'accettare tutto con calma, persino la possibilità di un bambino mezzo alieno. Ma come avrebbe reagito alle ali? All'esterno, passarono accanto a una vecchia fattoria con diverse auto arrugginite nel cortile incolto. Davanti a loro, la strada sterrata si perdeva in un paesaggio di artemisie ondulate, intervallate da qualche pino e dalle montagne innevate in lontananza. Angie indicò il ciglio della strada. «Accosta qui.»

Mae rallentò fino a fermarsi, con il pick-up che si inclinava mentre le ruote del lato passeggero finivano nel fosso. I suoi occhi castani continuavano a spostarsi dal viso di Angie alla sua spalla. «Sono ali?»

«Ibrido, ricordi?» sussurrò Angie, con le scapole che le dolevano per lo sforzo di tenere le ali retratte.

A bocca aperta, Mae allungò una mano e scostò il colletto della vestaglia di Angie. «Cazzo, non ci credo. Sai volare? Perché non me l'hai mai detto? Fammi vedere!»

«Aspetta, aspetta!» Angie si dibatté con l'accappatoio, coprendosi. «Sono ancora una novità per me, quindi vacci piano.»

Il volto di Sten apparve riempiendo il lunotto. «Stai bene?»

Le ali di Angie premevano contro l'accappatoio, per quanto lei si concentrasse a spingerle indietro. Spalancò la portiera del lato passeggero e ruzzolò fuori, perdendo l'accappatoio mentre cadeva in ginocchio.

Mae gridò: «Porca puttana, è fantastico!» Si sentirono la portiera del pick-up sbattere e dei piedi che correvano. Poi Mae fu di fronte a lei. «Questa è davvero roba da Area 51. Con quella biancheria intima sembri una diavolessa cattiva con le ali. Posso toccarne una?»

«Io... credo di sì.» Angie le sorrise, alzandosi goffamente in piedi mentre le ali, sbattendo, cercavano di aiutarla.

Mae fece un passo indietro. «Ehi, attenta agli artigli, donna.»

«Scusa.»

Sten saltò giù dal cassone del pick-up e le prese il gomito. Il suo tocco era rassicurante in più di un modo.

Guardando alternativamente Angie e Sten, Mae scosse la testa. «Chi l'avrebbe mai detto che la mia migliore amica fosse un'aliena. Allora, dove pensate di nascondervi?»

La voce di Sten era un rombo basso. «La mia gente sta finalmente inviando una nave di salvataggio. Dobbiamo raggiungere il punto d'incontro per intercettarla.» Si girò per mostrare a Mae la sua ala ferita. «Ma prima, dobbiamo sistemare la mia ala.»

Mae fece una smorfia guardando l'appendice. «Ahi. Sembra lussata.» Si scrocchiò le nocche. «Ho sistemato un sacco di arti, ma mai un'ala. Sarà interessante.»

In pochi minuti e con qualche grugnito di sforzo, l'ala di Sten fu rimessa a posto. Angie emise un sospiro di sollievo e le sue ali fremettero per empatia.

Sten ritrasse le sue ali nelle fessure della schiena, riprendendo la sua forma più umana. «Ora tu, *Hondassa.*»

Il suo incoraggiamento aiutò e Angie riuscì a ritrarre le sue ali. Fece un respiro profondo, felice di essere tornata alla sua forma consueta. Avrebbe dovuto abituarsi a quelle ali.

Mae le girò intorno e cominciò a pungolarle la schiena. «Incredibile come funziona.»

Sten inarcò le sopracciglia verso Angie. Lei si strinse nelle spalle, lasciando che le dita di Mae le sfiorassero la pelle. «È un medico. Le piacciono queste cose.»

«Infermiera specializzata», la corresse Mae automaticamente, e terminò la sua ispezione. Tornò di fronte a loro, con le mani sui fianchi. «Allora, sai volare adesso?»

«Angie non è ancora addestrata al volo.» Le ali di Sten emersero ancora una volta. Le sbatté, sollevando una raffica di aghi di pino e polvere dal terreno, e si alzò di qualche metro. «Vi trasporterò io da qui al punto d'incontro.»

«Quanto è lontano? Potrei semplicemente accompagnarvi in macchina.» Mae si allungò e prese la mano di Angie. «Non mi dispiacerebbe passare qualche altra ora insieme, visto che a quanto pare non ti rivedrò per un po'.»

Angie si morse il labbro, combattendo di nuovo le lacrime. Aveva già pianto più oggi di quanto non avesse fatto dalla morte di suo padre. «Mi piacerebbe, Mae. Grazie.»

Sten tirò fuori il suo sigillo dalla tasca. «Queste coordinate indicano che dobbiamo muoverci in quella direzione.» Indicò il nord. «Circa milleduecento delle vostre miglia terrestri.»

Mae emise un suono strozzato. «Mi rimangio tutto. Non posso accompagnarvi. Esistono strade che vanno così a nord?»

«Non lo so. I Terrestri chiamano quel luogo Territorio dello Yukon.»

«Perché la nave non può semplicemente venirci a prendere qui?» chiese Angie. Porca troia, stava per partire su un'astronave. *Beh, sei un'aliena.* Flesse le spalle, lottando per tenere retratte le sue ali ribelli.

Tenendo il sigillo in una mano, Sten sfogliò schermate olografiche di dati. «I nostri sigilli hanno un raggio d'azione limitato per il dispositivo di teletrasporto. Inoltre, la Prima Direttiva richiede che la nostra flotta rimanga il più discreta possibile, anche durante una missione di salvataggio. Il luogo e l'ora saranno stati scelti in base a una serie di fattori, molto probabilmente la scarsità di sorveglianza intorno al sito.» Sten chiuse gli occhi e si massaggiò la base di un corno. «Questo viaggio ci richiederà diversi giorni.»

La voce di Mae scese a un sussurro. «Stai andando su un altro pianeta. Potrò mai più parlarti?»

Angie scosse la testa, con il viso stravolto da brutte lacrime. «Non lo so.» Le parole le uscirono a fatica dalla gola mentre stringeva la mano di Mae. Rimasero così per un altro lungo minuto. «Ti prenderai cura di Sally e della mia casa? Le mie rose gialle rampicanti moriranno se non vengono annaffiate una volta a settimana.»

Mae deglutì, con il viso contratto e arrossato, e disse con voce soffocata: «Sai che ho il pollice nero, ma cercherò di non uccidere nulla.» Aggirò Angie e prese dalla borsetta un pacchetto di fazzoletti da viaggio. Si soffiò il naso, poi porse un fazzoletto ad

Angie prima di frugare ancora una volta nella borsa. «Milleduecento miglia rimaste sulla Terra. Avrete bisogno di soldi.»

Angie fissò le banconote. *Milleduecento miglia sulla Terra.* Una distanza così lunga eppure così breve. Quanto tempo ci sarebbe voluto per arrivarci in volo? «Non possiamo prendere i tuoi soldi. Hai già fatto anche troppo.»

«Dovrete mangiare. Prendili.»

A malincuore, Angie accettò il denaro. Mae aveva ragione. Già adesso, Angie era famelica. E anche Sten avrebbe avuto bisogno di cibo per guarire. «Grazie.»

«Anzi, vi servirà più di questo se dovrete viaggiare per più di qualche giorno. Prendi la mia carta del bancomat. State solo alla larga da caviale e casinò.»

Improvvisamente, Angie si ricordò dell'oro nascosto nel montante del suo letto. «Posso restituirteli.» Spiegò a Mae come trovare le monete. «Usa quello che rimane per prenderti cura di Sally e della casa.»

Mae sorrise, ma c'era tristezza nel suo sguardo. «Tahiti, arrivo.»

Angie gettò le braccia al collo della sua amica. «Ti voglio bene. Grazie di tutto.»

Mae la strinse forte a sé. «Chiamami se puoi. Magari quell'oro può pagare una chiamata a carico da un altro pianeta?»

«Mi stai uccidendo», disse Angie, asciugandosi le lacrime ribelli. Mae le sarebbe mancata più di ogni altra cosa. Ma la sua unica possibilità per un futuro – l'unico futuro che voleva – era con Sten. Si voltò verso di lui. «Dobbiamo andare prima che io cambi idea.»

«Non puoi cambiare idea. Il Sindacato ci scoverà se resteremo sulla Terra. Se non noi, un giorno nostro figlio.»

Senza preavviso, Mae scoppiò in un pianto dirotto. «Non conoscerò mai il tuo marmocchio!»

Quello fece scoppiare di nuovo a piangere anche Angie. Sten attese pazientemente mentre le due si abbracciavano e Angie si vestiva. Poi arrivò il momento. Indossando lo zainetto, Angie si mise tra le braccia di Sten. Il suo petto e i suoi addominali duri furono un conforto mentre guardava la figura di Mae che salutava diventare sempre più piccola, fino a perdersi oltre l'orizzonte.

Sedici

S ten la portò in volo sopra i pendii scarsamente boscosi ai piedi delle montagne, mantenendosi su un terreno che era ancora inospitale per l'uomo, spingendosi sempre più a nord. Quando arrivavano a strade o piccole città, si alzava tra le nuvole o comunque abbastanza in alto sul paesaggio da poter essere scambiato per un grosso uccello da un osservatore casuale. Angie si aggrappava a lui, sentendosi come un cucciolo di orango, con le spalle che le prudevano sotto la felpa. Era piuttosto orgogliosa di essere riuscita a tenere le ali retratte mentre queste smaniavano per aprirsi al vento.

Una corrente ascensionale li spinse verso l'alto e a lei si rivoltò lo stomaco per il movimento improvviso. Una volta che Sten li ebbe stabilizzati, domandò: «Pensi che un giorno riuscirò a volare?»

«La tua apertura alare sembra sufficiente per sostenerti, almeno per brevi distanze. Ma per ora, devi lasciare che ti porti io.»

Ma nemmeno Sten poteva volare per sempre. Attraversarono il confine canadese mentre era ancora giorno e si fermarono in una città chiamata Cranston, scegliendo un motel con porte accessibili dal parcheggio. Angie fece il check-in mentre Sten rimase nascosto fuori. Appena aprì la porta, lui scivolò dentro e si accasciò sul pavimento, con la pelle grigia che si induriva. Lei era esausta, e riusciva a malapena a immaginare quanto dovesse essere stanco lui dopo averla trasportata per così tanti chilometri. E avevano ancora tanta strada da fare. Il suo stomaco brontolò; doveva trovare qualcosa da mangiare, e presto.

Svuotò il suo zainetto e si diresse verso il supermercato che aveva visto a pochi isolati a nord. Ringraziando ancora una volta Mae per averle prestato il suo bancomat, riempì lo zainetto di cibo. Sulla via del ritorno, divorò tutti e sei gli involtini primavera che aveva comprato in rosticceria, sperando che Sten la perdonasse per non avergliene portato uno. Tornata in albergo, lui era ancora in *duramna*, così lei si sedette davanti alla TV e si rimpinzò di patatine e biscotti al cioccolato.

Che tipo di cibo avrebbero avuto su Duras? Sten non conosceva il cioccolato, quindi l'assenza di cioccolato sarebbe stata terribile. Leccò la glassa tra le due metà di un biscotto e la lasciò sciogliere sulla lingua. Forse avrebbe dovuto fare scorta di cioccolato da portare con sé.

Si svegliò durante una televendita. Sten dormiva ancora sul pavimento, duro come la pietra, così lei si girò e cercò di dormire, ma la sua mente viaggiava a mille all'ora. Stava lasciando la Terra. Lasciando casa. Era successo tutto così in fretta. Letteralmente pochi giorni prima, si stava facendo i fatti suoi e conservando i semi del suo orto per l'anno successivo. Aveva sempre desiderato la stabilità, aveva sempre pianificato una vita a Turnbull anche quando era andata al college. Suo padre voleva di meglio per lei, ma il suo cuore era nel Montana. Lasciarselo alle spalle era come se un pezzetto della sua anima le fosse stato asportato.

Scendendo dal letto, abbassò completamente il volume e si distese accanto a Sten, appoggiando la testa sulla sua spalla rocciosa. Avrebbe dovuto avere freddo, ma era sempre stata poco sensibile alle temperature estreme. Sembrava essere diventata ancora più resistente dopo l'accoppiamento. Pelle dura, ossa forti, resistenza alle temperature, e ora aveva le ali. La Terra era stata la sua casa per ventisette anni, ma anche il suo corpo le stava dicendo che apparteneva a Duras.

Appoggiò il palmo aperto sul petto di Sten, dove avrebbe dovuto battergli il cuore. Batteva mentre era di pietra? Non riusciva a sentirlo.

Evidentemente, percependo la sua irrequietezza, lui si mosse, sollevando l'altra mano per coprire la sua. «Non riesci a dormire, *Hondassa?*»

«Non volevo interrompere la tua guarigione. È solo che ho un sacco di cose per la testa.»

«Capisco. C'è un modo in cui posso aiutarti?»

Lei premette le labbra contro il suo petto duro, inspirando il suo profumo dolce e terroso. «Parlami di Duras.»

Lui si girò su un fianco, stringendola a sé. «È un pianeta ostile, ma bellissimo, molto simile ai vostri deserti d'alta quota sulla Terra, anche se i nostri cieli sono viola anziché blu. Ma ci mancano le risorse. Fu questo il motivo per cui la mia squadra si schiantò sul vostro pianeta.»

«Siete venuti sulla Terra in cerca di risorse?» Un senso di malessere le riempì lo stomaco mentre considerava cosa questo potesse significare per l'umanità.

«Non sulla Terra.» Le accarezzò i capelli. «Evitiamo i pianeti con vita senziente. La nostra missione era esplorare il pianeta rosso che voi chiamate Marte, ma fummo catturati da una dilatazione di un tunnel spaziale che ci mandò fuori controllo.»

«Quindi sei stato via per mille anni. E la tua famiglia a casa? Vivete tutti così a lungo?»

«Sì. E ora, anche tu.»

Lei si tirò indietro per guardarlo meglio in faccia. «Mio padre aveva più sangue Khargal di me, e non ha vissuto così a lungo. A centootto anni era decrepito.»

Sten sorrise, i suoi canini aguzzi che catturavano la luce tremolante della TV silenziosa. «La *dassa* estenderà la tua vita fino a eguagliare la mia.»

Beh, questa sì che era una notizia sconvolgente. «Quindi vivrò per, cosa, mille anni?»

«O più. La nostra gente vive spesso fino al terzo millennio.»

Emise un lungo respiro, cercando di immaginare cosa avrebbe fatto con tutto quel tempo. Gli alberi che aveva piantato nella sua proprietà sarebbero stati completamente cresciuti per allora. Non che li avrebbe mai più rivisti. «Pensi che ci sia la possibilità di tornare sulla Terra, un giorno?»

Sten inspirò a lungo e lentamente. «Non ne sono certo. Ma i Terrestri hanno fatto molta strada nel tempo in cui li ho osservati. È possibile che il pianeta raggiunga uno stadio in cui la mia gente vorrà tornare e relazionarsi con gli abitanti come pari.»

Si morse il labbro, pensando al modo in cui York e l'altro agente avevano parlato delle "creature". C'erano ancora persone che credevano che alcuni loro simili fossero "altri"; sarebbe potuto passare molto tempo prima che la Terra diventasse abbastanza illuminata da essere avvicinata dagli alieni come pari. Anche se fosse successo, per allora era probabile che tutti quelli che conosceva e amava se ne sarebbero andati da tempo. «Mi mancherà la Terra.»

«Anche a me», disse Sten. «Ho viaggiato con la tua famiglia per molte generazioni e ho visto gran parte del vostro pianeta.»

Angie si rese conto di quanto poco avesse visto del suo stesso mondo. Si sarebbe pentita di non aver mai colto l'occasione di viaggiare? «Raccontami di più.»

Passarono il resto della notte a parlare dei suoi antenati, delle prove che avevano sopportato spostandosi attraverso i continenti nel corso delle generazioni. Angie era stata così legata al suo piccolo pezzo di terra che non si era mai resa conto di quanto lontano si estendesse in realtà la sua eredità. *Persino oltre la Terra.*

Forse stava davvero per tornare a casa.

Mancando alcune settimane all'arrivo della nave al punto d'incontro, Sten se la prese comoda, permettendo ad Angie di godersi gli ultimi momenti sul suo pianeta natale. A lei non importava delle squallide camere d'albergo, finché era insieme a Sten. Ma dopo aver esplorato da sola le prime due piccole città, Angie decise che viaggiare non le piaceva molto. Non vedeva l'ora di stabilirsi di nuovo. Si godeva però i giochi sulle piste innevate e incontaminate, il fare l'amore sotto il cielo stellato, i bagni nelle sorgenti termali nascoste e le abbuffate di cioccolato. Riuscì persino a esercitarsi un po' con le ali, saltando dalle cime aguzze delle montagne e planando fino a fermarsi alla base innevata.

Avevano raggiunto il luogo dell'appuntamento qualche giorno prima e avevano scoperto una serie di baite vuote, data la stagione così inoltrata. Ogni mattina, controllavano l'interfaccia del sigillo, osservando i punti bianchi che segnavano le posizioni degli altri sigilli convergere verso la montagna. Gli aveva chiesto se volesse incontrare quelli nelle vicinanze, ma lui aveva solo scosso la testa e detto che ci sarebbe stato tempo per quello. La voleva tutta per sé.

La mattina presto del giorno dell'appuntamento, Angie era su uno spuntone di roccia vicino alla loro baita, affacciata su un magnifico fiume blu-verde. Si tolse il parka e spiegò le ali, emettendo un sospiro gelido. La luna spiccava come un disco pallido nel cielo del mattino, e il debole sole aveva iniziato a sciogliere la brina dagli alberi vicini.

Sten le si avvicinò da dietro e le prese la mano, parlando con la bocca piena di dolcetti per la colazione. «Mi mancherà questo cibo terrestre.»

«Ne ho ancora nel nostro zaino.» Aveva riempito ogni centimetro libero del suo borsone con il nuovo cibo preferito di Sten, anche se lei non riusciva a digerire il cioccolato per colazione, o per la gravidanza o solo per l'ansia di partire. «Ma se continui a mangiarlo a questo ritmo, non ne arriverà neanche un pezzo su Duras.»

«Potremmo convincere la mia gente a iniziare i negoziati con la Terra prima del previsto, se venissero a conoscenza di questa prelibatezza.»

«Beh, se qualcuno riuscisse a mettere le mani su delle fave di cacao vitali, potrei riuscire a coltivarle.»

Gli occhi di Sten si spalancarono. «Proviene da una pianta?»

«Già.» Fece un sorrisetto. Quanto sarebbe stato divertente coltivare il cioccolato, dopotutto? Ma poi, avrebbe anche dovuto capire come raccoglierlo e lavorarlo. E avrebbero avuto bisogno di zucchero...

Il sole superò la montagna e colpì il filo d'acqua blu-verde sottostante, abbagliandola con il suo splendore. Angie liberò la sua mano dalla stretta di lui. «Voliamo.»

Saltò dalla sporgenza sopra il fiume, tenendo le ali ferme mentre la sostenevano nel vento gelido. Non era ancora molto forte, quindi poteva percorrere solo una breve distanza, e inoltre non poteva volare con il parka, ma non sembrava sentire freddo come qualcun altro con quel tempo; il breve volo sul maestoso paesaggio valeva decisamente qualche brivido e muscolo indolenzito.

Il fruscio delle ali di Sten giunse da dietro di lei, e lei lo guardò da sopra la spalla, sorridendo. Amava la libertà che provava in aria. Ma era anche grata per la presenza vigile di Sten. Più di una volta, l'aveva afferrata prima che la sua forza si esaurisse, facendola precipitare al suolo. Disse che i giovani esemplari si schiantavano spesso e si rompevano le ossa in continuazione, da cui la capacità dei Khargal di guarire rapidamente. Ma non voleva che la sua *hondassa* dovesse sopportare una cosa simile.

Virando a sinistra, seguì il fiume verso una zona di rapide, l'acqua spumeggiante congelata in incredibili archi e vortici. Molto più in basso, un'alce e il suo piccolo camminavano nella neve alta fino alle ginocchia, sgranocchiando le punte dei rami. In lontananza, il battito di un elicottero martellava l'aria, e Angie scese di quota, temendo di poter essere vista.

Le braccia di Sten la presero, posandola delicatamente sulla neve farinosa. Si rannicchiò contro di lui, cercando di trovare un po' di calore. La sua voce le rimbombò nel petto. «Credo che gli altri si stiano radunando sulla cima. Dovremmo prendere le nostre cose.»

Angie ritrasse le ali e Sten la avvolse tra le braccia per riportarla alla baita. Recuperando il parka dalla sporgenza dove l'aveva lasciato, entrò e prese il borsone e lo zainetto, controllando in giro per assicurarsi che non stessero dimenticando nulla. Le sembrava strano dire addio a una baita rustica piuttosto che a casa sua. Aveva versato molte lacrime per la partenza, ma si sentiva anche pronta ad abbracciare una nuova vita come i suoi avventurosi antenati. Una nuova vita con Sten.

Si mise in spalla lo zainetto e si passò il borsone su un braccio, poi uscì dalla baita, chiudendo fermamente la porta dietro di sé. Sten attendeva già sulla sporgenza, guardando verso la cima. Le mise un braccio intorno e la strinse a sé. «Pronta?»

Lei annuì.

Contraendo i muscoli, lui si lanciò sopra gli alberi. Dall'altra parte dell'orizzonte vide quello che poteva essere solo un altro Khargal che si alzava in volo e si dirigeva verso la cima della montagna. Deglutì contro il vento gelido mentre lui accelerava verso una sporgenza sulla montagna, con le lacrime che le scorrevano dagli occhi. Più salivano, più diventava freddo, finché le sue dita non si aggrapparono intorpidite al suo collo. «A che altezza dobbiamo essere per il teletrasporto?»

«Dovrebbe essere abbastanza.» Sten la depose su una sporgenza rocciosa poco sopra il limite degli alberi. Il vento soffiava così forte che la neve non riusciva ad attaccarsi alla sporgenza, e lei si strinse a Sten solo per non essere spazzata via. Socchiudendo gli occhi sulla curvatura della terra, intravide un altro Khargal che si alzava verso la montagna. Il sole scintillava nella fine nebbia di neve che le sferzava il viso, come se fosse circondata da diamanti. Si portò una mano guantata alla gola, dove pendeva il sigillo. «Come facciamo a sapere che possono vederci? Sono un po' nervosa all'idea di essere teletrasportata.»

«Non preoccuparti, sanno che siamo qui. Il teletrasporto può essere sconcertante all'inizio.»

Sten inclinò un'ala per proteggerla dal vento. «Ma sarò proprio lì con te.»

I cristalli di neve diventarono più luminosi, assumendo una tonalità quasi dorata. Un formicolio le si diffuse per le membra.

La cosa successiva che seppe fu che stava vomitando, carponi. Le sue ali erano in fiamme. Si tirò indietro, armeggiando con le spalle, cercando le cinghie dello zainetto. Poi il vomito la sopraffece di nuovo, gettandola in ginocchio.

Diverse paia di piedi artigliati la circondarono e qualcuno parlò in una lingua gutturale sopra di lei. Girò la testa per fissare tre Khargal, in tute aderenti blu e grigie. Dicendo qualcosa che non riuscì a capire, uno di loro le tese una mano, con gli artigli affilati come rasoi completamente estesi.

Si ritrasse di colpo. «Sten!» Un altro dolore la trafisse ed ella urlò.

Poi il mondo divenne nero.

———

Quando si svegliò, gli estranei se n'erano andati e

Sten le stava sfiorando le labbra con le sue. «*Hondassa*, svegliati.»

Dietro di lui, pareti curve e pallide emanavano una sorta di luce ambientale, e uno strano odore terroso, familiare e straniero al tempo stesso, le assalì le narici, facendole tornare la nausea. Sentiva il petto stretto e abbassò lo sguardo sul seno per vedere il proprio torso avvolto in una spessa pellicola trasparente. «Dove sono?»

«Nella nostra cabina. Hai le ali rotte.» Le sue arcate sopracciliari erano corrugate in un'espressione preoccupata.

«Rotte?» Cercò di ricordare il teletrasporto, ma questo le fece solo rivoltare di nuovo lo stomaco. «Com'è successo?»

«Hai esteso le ali quando sei emersa dal teletrasporto. Avrei dovuto capire che poteva succedere. È una reazione comune allo stress. Lo zainetto e il parka erano d'intralcio e, dimenandoti, ti sei spezzata diverse ossa.»

Un brivido la percorse. L'intero evento era confuso. Ma ricordava una cosa. «Uno di quegli altri Khargal ha cercato di afferrarmi.»

Sten scosse la testa. «Stava cercando di liberarti dallo zainetto.» Toccandole un punto dietro l'orecchio, disse: «Ora hai un chip di traduzione, così non fraintenderai più le parole di un membro dell'equipaggio.»

Inarcò le sopracciglia, seguendo con un dito il punto che lui aveva toccato dietro l'orecchio. Un minuscolo bozzo in rilievo era l'unica indicazione che ci fosse qualcosa. «Vuoi dire che non ho bisogno di imparare il khargal?»

Scosse la testa. «Duras ospita molte specie diverse. Riteniamo che l'uso di un dispositivo di traduzione sia il modo più rapido per gestire le barriere linguistiche.»

«È così che conosci l'inglese, allora?»

«Purtroppo no. Non avevamo incontrato i Terrestri prima del nostro schianto, quindi abbiamo dovuto imparare i vari dialetti della Terra nel modo più difficile. Ma ora che molti di noi li parlano fluentemente, tutte le lingue della Terra saranno aggiunte al nostro database di traduzione.»

«Comodo.» Si girò su un fianco e si mise a sedere. Le mani e le gambe erano libere, ma la schiena e il petto erano racchiusi in quello che sembrava una specie di gesso flessibile. Cercò di guardarsi oltre la spalla ma non ci riuscì. «Allora, le mie ali staranno bene?»

«Il dottore crede di sì. Non si sentiva sufficientemente a suo agio con la fisiologia umana per somministrarti un siero curativo, quindi temo che dovrai sopportare il gesso ancora per un po'.»

«Ho un sapore schifoso in bocca.» Si guardò intorno in cerca di un bicchiere d'acqua. La stanza era stranamente organica, con tasche a nido d'ape nelle pareti e curve al posto degli angoli. Decisamente nulla di umano. Il letto sembrava quasi un ripensamento.

Sten si chinò e prese una tazza con una cannuccia. «Tieni.»

Sorseggiò leggermente, sorpresa dalla bevanda dal sapore delicato. «Cos'è?»

«Una tisana che la mia gente trova utile durante la gravidanza.»

La finì e gli restituì la tazza. Sentiva la testa piena di cotone, e il dolore tra le scapole le pulsava a tempo con il battito del cuore, ma si sentiva molto meglio di quando era uscita dal teletrasporto. Poi, ciò che aveva detto la colpì. «Gravidanza. Il dottore l'ha confermata?»

Sten le prese la mano e le premette un bacio sul palmo, con gli occhi color smeraldo addolciti. «Esatto. Non ho mai sognato di essere più felice di così.»

Il suo cuore si sciolse. «Ti amo, Sten.» Nel dirlo, si rese conto che, sebbene si fossero uniti, non aveva mai pronunciato quelle parole. Ora le sentiva fin nel midollo.

«Ti amo anch'io, mia *Hondassa*.» Abbassò il viso verso il suo e la baciò dolcemente. «Potrebbe anche farti piacere sapere che abbiamo accolto a bordo altri umani. Sembra che io non sia l'unico Khargal ad aver preso una compagna umana.»

Un calore si diffuse in lei quando si rese conto che, in fondo, non sarebbe stata l'unica umana su Duras.

Epilogo

Sten spalmò la crema solare fatta in casa sugli abbozzi di corna del figlio neonato, sorridendo al suo viso paffuto e roseo. Il sole cocente di Duras non era clemente con la pelle di alcuni ibridi, ma Angie aveva ideato un emolliente a base vegetale per sé e per altri umani che ne avevano bisogno. Il suo giardino era diventato un rifugio per i terrestri che, di tanto in tanto, desideravano un assaggio del loro mondo natale. Aveva persino avviato trattative con l'esercito Khargal per sponsorizzare una spedizione orticola sulla Terra e procurarsi altri semi.

Il bambino tubava e scalciava, con la coda che si avvolgeva attorno al polso di Sten. «Stai fermo, William.» Il nome umano gli suonava ancora strano sulla lingua. Sten passò il resto della crema solare sul dorso del naso del piccolo. «Andiamo a vedere cosa stanno facendo tua madre e tuo fratello.»

All'esterno della casa al piano terra, un'oasi lussureggiante di verde si estendeva sul terreno roccioso. Le tecniche di conservazione dell'acqua di Angie e le sue piante terrestri resistenti alla siccità avevano attirato molta attenzione, e le era stata persino concessa una deroga per raddoppiare la sua scorta d'acqua al fine di espandere i giardini. Desiderava ardentemente aggiungere un giardino acquatico, ma non era riuscita a farselo approvare.

Portò il bambino tra le foglie, seguendo i sentieri ombrosi che Angie aveva creato. Più avanti, sentì il piccolo Graj che chiacchierava con sua madre e le risposte sommesse di lei. Seguendo il suono, sbucò in una sezione di terreno appena dissodato e trovò il figlio maggiore e la sua *Hondassa* accovacciati ai due lati di una minuscola piantina.

Graj teneva una zolla di terra in una mano, le sue piccole ali, non ancora funzionanti, che si agitavano dietro di lui come se cercassero di spiccare il volo da sole. Sten sorrise con orgoglio vedendo le tre piccole corna del giovane; il lignaggio Khargal di Angie era forte, tanto da aver generato un figlio con più corna del padre. Gli abbozzi di William cominciavano appena a spuntare, ma anche lì Sten ne aveva già contate tre.

Angie alzò lo sguardo, sorridendo mentre Sten entrava nella radura. «Graj ha il pollice verde proprio come la sua mamma.»

«Me lo immagino.» Diede a William una pietra grande quanto un pugno da succhiare e lo mise nel recinto con le ruote che Angie chiamava culla.

Graj abbandonò la sua zolla di terra e corse a giocare con il fratellino.

Angie si spolverò le mani sulla parte anteriore dei pantaloni e si avvicinò a Sten, le ali che si aprivano a ventaglio sulla sua schiena. Le sue guance erano rosee, e lui le accarezzò con la punta delle dita, sperando che l'eventuale crema solare residua si trasferisse sulla sua pelle. «Hai delle visite guidate in programma per oggi?»

Il giardino attirava così tanta attenzione che Angie aveva iniziato a programmare orari regolari per i visitatori, altrimenti si ritrovava a correre fuori per mostrare il posto alla gente a tutte le ore del giorno e, a volte, della notte. Lei gli rivolse un sorriso malizioso. «Nemmeno una. Tua madre passa a prendere i bambini e li tiene fino a domani sera.»

«Ah, hai dei piani, vero?» Le avvolse entrambe le braccia intorno alla vita e la strinse a sé. «E io ne faccio parte?»

«Tutti i miei piani includono te, amore mio.» Lei sollevò il viso e gli sfiorò il mento con un morso scherzoso. Lui rabbrividì. Adorava quando lo faceva. Abbassò la bocca sulla sua e le diede un bacio languido, respirando la sua essenza terrestre, un profumo di piante e pietra che era puramente di Angie.

Lei gli strinse le braccia intorno alla vita e ricambiò il bacio, le labbra che gli promettevano ciò che sarebbe venuto dopo. Quando si staccarono, lei diede un'occhiata alle sue spalle per controllare Graj e William, poi si allontanò per prendere una pala. «Ma finché non arriva, ho bisogno del tuo aiuto.»

«Sfruttatrice», le sorrise. «Ma sono sempre felice di contribuire al tuo giardino.»

Il suo sorriso era capace di sciogliere il cuore di un uomo di pietra.

Cara lettrice,

confesso: sono incapace di scegliere un solo tipo di eroe. Alcuni giorni voglio un imperatore alieno che si inginocchia davanti alla sua compagna.

Altri giorni un mutaforma alfa—lupo, puma, selkie—che difende la sua donna tra le terre selvagge dell'Alaska.

Anche tu non riesci a scegliere? Benvenuta nel club! Da quale inizierai? (O perché non leggerli entrambi?)

XOXO, Tamsin

P.S. Continua a leggere per un'anteprima di *Rivendicata da un alieno*, il primo libro della mia nuova serie di fantascienza romantica.

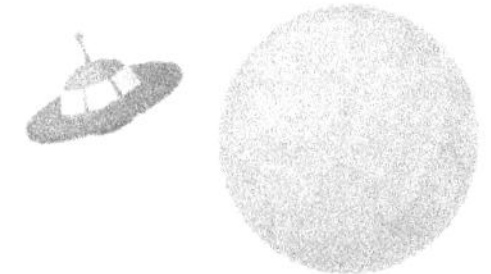

CAPITOLO 1

Georgie sussultò quando il labrador nero sul suo tavolo da toelettatura si scrollò l'acqua dal pelo. Quel grosso bestione era uno dei fortunati destinati al negozio di mangimi per la giornata delle adozioni, e lei si era offerta volontaria ad aiutarli a sistemarsi e a trasportarli dal canile. Se solo anche lei fosse stata una delle fortunate... con un nuovo inizio, un posto al quale appartenere.

Si pulì gli occhiali sulla manica proprio mentre il labrador si lanciava in avanti, schiacciandole un bacio umido e bavoso sulla guancia. Lei emise un piccolo grido di protesta, ma la sua risata la tradì. «Oh, andiamo, bello» gemette, pulendosi il viso. «Lascia almeno che ti asciughi prima.»

Il cane scodinzolò selvaggiamente, guardandola raggiante con grandi occhi fiduciosi, e qualcosa di caldo e malinconico le si posò nel petto. Se avesse avuto una casa tutta sua, se avesse messo ordine nella propria vita, forse avrebbe potuto tenerlo. Ma per ora, doveva solo sperare che qualcun altro vedesse quanto amore aveva da dare.

Nei recinti vicini, un cane iniziò ad abbaiare, e presto si scatenò un coro. Il Jack Russell Terrier che Lora stava tosando sul tavolo accanto iniziò a piangere, contorcendosi contro il guinzaglio. Povero piccolo, aveva problemi di ansia, e Lora cercò di distrarlo con un giocattolo di gomma che squittiva.

«Penso che così lo stressi ancora di più, Lora», disse Georgie, facendo una smorfia per il rumore aggiuntivo.

Alla terza postazione di lavaggio, Maise aveva già finito con un vecchio pastore tedesco che ora giaceva tranquillo ai suoi piedi. Era la proprietaria di Yappy Hour, l'attività di pensione e toelettatura per animali che stavano usando per pulire i cani, ed era una professionista nella zona lavaggio. Si appoggiò al tavolo, con i lunghi riccioli scuri che le coprivano il viso mentre guardava il telefono. «Che ne dici di questo, Georgie? L'Intergalactic Dating Agency cerca un'umana capace per coordinare il primo evento di incontri alieni della storia. Tutte le candidature saranno prese in considerazione.»

«Starai scherzando», disse Lora, interrompendo la distrazione col giocattolo e guardando Georgie. «Alieni?»

Non si vedevano extraterrestri sulla Terra da un'unica apparizione avvenuta oltre quarant'anni prima — ammesso che fosse vero. Le navi erano atterrate all'Aeroporto Internazionale di Pechino-Daxing in Cina, avevano parlato con i funzionari governativi locali e se n'erano andate prima ancora che le altre nazioni potessero rispondere. Nonostante le fotografie e le testimonianze oculari, molti credevano che la visita fosse stata una bufala: un mito creato dai governi per giustificare le spese per la difesa e le stravaganti ricerche spaziali.

Eppure, negli anni successivi, c'era ancora chi sosteneva di essere stato rapito, inclusa la madre di

Georgie. Sua madre era morta diversi anni prima per un trauma cranico dopo essere caduta da una scala, ma Georgie aveva sempre voluto credere al racconto di sua madre.

«Magari stanno venendo a controllare come stiamo», disse Georgie.

«Per chiedere appuntamenti per andare al cinema? Quanto possono essere disperati?» Lora sbuffò. «Continua a scorrere, Maise.»

«No, aspetta. Voglio saperne di più», disse Georgie, stringendo le dita attorno all'asciugamano che aveva in mano.

E se... e se fosse stato quello il momento? La fessura che stava aspettando? Una porta che non aveva mai nemmeno considerato di socchiudere? Se si fosse trattato di un vero lavoro retribuito, non poteva scartarlo senza almeno aver letto le clausole scritte in piccolo.

Stava cercando di avviare la sua attività di organizzazione di eventi da mesi ormai, ma ogni volta che pensava di avere una pista, qualcuno le soffiava il contratto sotto il naso. Le uniche persone che le dicevano di sì non potevano pagarla, e un tale che voleva un bar mitzvah per suo figlio aveva persino avuto la faccia tosta di dirle che avrebbe dovuto essere grata per la "visibilità" che l'organizzazione dell'evento gli avrebbe procurato. Che stronzo.

Il problema era che era abbastanza disperata da prenderlo in considerazione. Dal divorzio viveva con suo padre per risparmiare, investendo tutti i suoi risparmi nell'avvio dell'attività mentre lavorava part-time come cassiera al supermercato. Doveva fare qualcosa presto, o sarebbe impazzita.

«Forse è solo una festa in maschera o qualcosa del genere. Fammi vedere il telefono.» Tese la mano.

Maise le passò il cellulare e Georgie esaminò l'annuncio. Un evento di incontri alieni sembrava ridicolo, ma non faceva male chiedere maggiori informazioni e inviare una proposta. Diamine, una festa a tema alieno poteva essere davvero divertente. Digitò il suo indirizzo e-mail e restituì il telefono.

«Quanto sarebbe fantastico organizzare la prima festa in assoluto con veri alieni?» chiese Maise, intascando il telefono e afferrando un asciugamano per aiutare Georgie con il labrador.

«Voglio solo sapere quanto pagheranno.» Georgie cercò di sembrare pratica. Logica.

Ma per mezzo secondo la sua mente vagò: come *sarebbe* stato uscire con un alieno? Sarebbero stati più dolci? Più gentili? Meno inclini a deludere?

Sbuffò, scacciando quel pensiero assurdo mentre allacciava un collare al collo del cane e lo guidava sul pavimento.

«Non potresti pagarmi abbastanza per andare a un appuntamento con un alieno.» Lora prese tra le braccia il terrier tremante.

Mentre si dirigevano verso il furgone del canile per caricare i cani per il trasporto, la brezza che proveniva dalla fabbrica di cellulosa fece venire a Georgie voglia di vomitare. Oggi era particolarmente forte. Aveva appena chiuso il labrador in una gabbia e sbarrato la porta quando il suo telefono emise un segnale per un'e-mail in arrivo. Gli diede un'occhiata.

«Sono loro», disse, sorpresa di aver ricevuto una risposta così velocemente, poi lesse l'e-mail ad alta voce. «Grazie per il suo interesse per l'Intergalactic Dating Agency. La preghiamo di inviare la proposta di intervallo temporale terrestre, il luogo e i requisiti culturali.»

Lora si sistemò la coda di cavallo castano ramato che stava cedendo. «Intervallo temporale terrestre? Ma davvero? Ci stanno proprio dando dentro con la facciata aliena, eh?»

«Credo stiano solo restando nel personaggio» ridacchiò Georgie. Un piano stava già prendendo forma nella sua testa. «Almeno so che vogliono che mantenga le cose strane.»

«Che diavolo sono i requisiti culturali?» chiese Maise.

«Non lo so, ma sembra divertente.» Georgie strizzò gli occhi per leggere la scritta in piccolo in fondo all'e-mail. Era difficile leggerla, così ingrandì il testo.

Le cadde la mascella. «Porca miseria, ascoltate qua! All'accettazione, al coordinatore verranno pagati diecimila crediti terrestri nell'unità monetaria di sua scelta, oltre alle spese previa presentazione di ricevuta.»

«Crediti terrestri?» chiese Maise mentre saliva sul sedile anteriore del furgone. «Che roba sono?»

«Penso intendano che posso scegliere dollari o yen o qualunque valuta io voglia.» Georgie sbatté le palpebre. Poi le sbatté di nuovo. Le parole sullo schermo non cambiavano. «E guardate, l'e-mail di risposta è da un sito .gov. Penso...» La sua voce suonava troppo fievole per quel momento. Si schiarì la gola. «Penso che questa sia davvero una richiesta da parte di alieni.»

Il silenzio si stese tra loro. Gli occhi di Maise si spalancarono. Lora sbuffò e si spostò al posto di guida. «Molto discutibile.»

Ma Georgie continuava a fissare l'e-mail, con il battito cardiaco accelerato. *E se fosse vero?*

«Ho un'idea», sbottò. «Organizziamo un'asta di beneficenza dove gli alieni — o aspiranti tali o quel che sono — fanno un'offerta per degli appuntamenti, e il ricavato va a beneficio del canile. Il cliente paga il conto per la festa, con cibo, balli e alcolici. Gli alieni incontrano donne e il canile guadagna dei soldi. Tutti felici!»

«Ma chi metterai all'asta?» chiese Maise, scivolando lungo il sedile e allacciando la cintura nel posto centrale.

Georgie le rivolse un sorriso malizioso e salì dietro di lei. «Persone che sostengono il rifugio per animali, ovviamente.»

Lora scosse la testa e accese il motore. «Non contate su di me. Non mi piace la melma verde.»

«Non sono melmosi» insistette Georgie. «Sembrano quasi umani. Vedi?» Fece una rapida ricerca e trovò una delle vecchie immagini che erano finite su tutti i telegiornali. Un alieno snello dalla pelle bluastra guardava in camera con grandi occhi.

«Sono quasi carini», disse Maise.

Lora diede un'occhiata all'immagine, poi ingranò la marcia. «Sembra mio nonno.»

Georgie tirò un profondo sospiro. «Non ti sto chiedendo di sposarne uno, Lora. Solo di uscire a cena. O per un caffè. Vedila come un'opportunità per farsi nuovi amici.»

«Di solito faccio molto di più che fare amicizia nei miei appuntamenti.» Lora le scoccò uno sguardo sardonico.

«Gatta morta.» Maise le diede una gomitata tra le costole sorridendo.

Lora rise. «Come vi pare.»

«Ti prego», disse Georgie piano, guardando Lora dritto negli occhi. «Ne ho davvero bisogno.»

Il sorrisetto provocatorio di Lora svanì leggermente.

«Dico sul serio.» Georgie emise un respiro tremante. «Riesco a malapena a tenere a galla la mia attività. Non voglio fare la cassiera al supermercato per sempre. Io... ho solo bisogno che qualcosa finalmente vada per il verso giusto.»

«Farò io la sicurezza per te», disse Lora. Era un'ufficiale di polizia e dava sempre per scontato che ci sarebbero stati guai. «Potrebbe servirti qualcuno per respingere raggi della morte o cose del genere.»

«Posso assumere la sicurezza», disse Georgie. «Ho bisogno di donne per l'asta.»

Lora inarcò un sopracciglio. «Chi dice che vogliano delle donne?»

«Oh.» Georgie aprì l'e-mail. «Hai ragione. Sarà meglio che lo chieda.»

«E tu?» chiese Maise. «Ti iscriverai?»

«Io devo gestire le cose.» Georgie stava già facendo ricerche su possibili location, catering, permessi…

Lora sbuffò e si immise in autostrada. «Certo. La scusa perfetta.»

Georgie alzò lo sguardo. «Va bene. Se mi iscrivo all'asta, accetterai di farlo anche tu?»

«Posso portare i miei cani?» chiese Maise. «Se è un evento per animali, dovremmo includere gli animali domestici.»

«Ottima idea», disse Georgie. «Possiamo farlo a Covey Park.»

«Alieni, venite a correre con i nostri animali al parco per cani!» esclamò Lora rivolta al soffitto.

«Quindi mi aiuterete?» chiese Georgie, sbattendo le ciglia in segno di supplica verso l'amica.

«Immagino di sì», disse Lora. «Ma al primo segno di melma, io me ne vado.»

Georgie finì di redigere la sua proposta mentre viaggiavano. Normalmente l'avrebbe portata a casa per pensarci su, ma troppo spesso le era stata strappata un'opportunità di mano.

Questa volta sarebbe stata la prima.

Premette invio e si mise il telefono in grembo. Una volta ottenuto il contratto, si sarebbe preoccupata di trovare altre volontarie per l'asta.

Con sua sorpresa, il telefono vibrò prima ancora che raggiungessero il negozio di mangimi. Deglutì, riuscendo a malapena a credere alla risposta. *Le sue condizioni sono accettabili. Solo abbinamenti con donne. Troverà il suo compenso nel suo conto di deposito monetario. Fondi aggiuntivi disponibili dietro ricevuta. Invii gli aggiornamenti a questo indirizzo.*

Le dita le tremavano mentre entrava nella sua app della banca, quasi senza osare crederci...

Saldo disponibile: 10.000,00 $

A Georgie mancò il fiato.

«Porca vacca», sussurrò. Il polso le batteva nelle orecchie. «Ho appena ottenuto il contratto.»

La pelle le formicolava, l'elettricità le ronzava sottopelle. Era *reale*. I soldi erano lì.

«Davvero?» chiese Maise.

Georgie le mostrò il saldo in banca.

«Wow! È stato velocissimo!» Maise sorrise e alzò la mano.

Georgie non si limitò a darle il cinque: colpì il suo palmo così forte che le mani bruciarono a entrambe. Scoppiarono entrambe a ridere, euforiche, senza fiato.

Stava succedendo davvero.

Georgie si premette le dita sulle labbra, sentendo il sorriso allargarsi sul suo viso. *Sta succedendo davvero.*

Glossario

At-Ukris: animale aereo di Duras. Sembra un incrocio tra un'aquila e un polpo, grande all'incirca quanto una balena terrestre.

Bansial: parola durassiana che significa appiccicoso.

Canikin: parola durassiana per "parti intime femminili".

Dam: madre.

Dassa: fluido dell'accoppiamento.

Duramna: forma di pietra.

Duras: pianeta natale dei Khargal.

Durassiano: la lingua dei Khargal.

Fa: parola durassiana per "signora".

Grack: imprecazione durassiana equivalente a "cazzo".

Guurlk: liquore khargal.

Hondassa: compagno/a.

Kher: termine khargal per fratelli/sorelle.

Khargal: il modo in cui i gargoyle chiamano sé stessi.

Lar: parola durassiana che significa dio.

Macero: imprecazione durassiana equivalente a "inferno".

Maztek: animale di Duras simile a una balena della Terra.

Sindacato della Rosa: organizzazione clandestina che dà la caccia ai gargoyle e alla loro tecnologia.

Sartek: animale predatore di Duras.

Sigillo: dispositivo usato per contattare il segnale di soccorso e teletrasportarsi sulla nave di salvataggio.

Sire: padre.

Tanem: parola durassiana che indica un compagno/a temporaneo/a che si ha prima di quello/a vero/a.

Terrestri: termine con cui i Khargal indicano gli umani.

L'autrice

C'era una volta, pensavo di voler diventare un'ingegnera biomedica, ma fare esperimenti sui topi di laboratorio non porta sempre a un lieto fine. Ora fondo la mia infatuazione da nerd per la scienza con romance incentrati sui personaggi e lieti fini garantiti. I miei mostri trovano sempre la loro compagna, tra eroine grintose, eroi tormentati e tutti i guai piccanti che riescono a gestire. Ti prometto che le mie storie non ti lasceranno mai in sospeso (anche se potresti desiderarne ancora!)

Quando non scrivo, mi troverai in giardino o in cucina, a esplorare l'Alaska con mio marito o a prepararmi per l'apocalisse zombi. Mi piace anche lavorare all'uncinetto mentre faccio binge watching su Netflix, giocare ai videogiochi e godermi il tempo in famiglia durante la nostra sessione settimanale di D&D.

Vuoi saperne di più su di me? Entra nel mio VIP Club e ricevi libri gratuiti, aggiornamenti e altro materiale fantastico!

>>> news.tamsinley.com/ERHXV0